EL DUENDE VERDE

ANAYA

Juan Ignacio Luca de Tena, 15. 28027 Madrid
www.anayainfantilyjuvenil.com
e-mail: anayainfantilyjuvenil@anaya.es

1.ª ed., septiembre 1987; 2.ª ed., agosto 1988
3.ª ed., marzo 1996; 4.ª ed., diciembre 2000
5.ª ed., julio 2003

Diseño: Taller Universo

ISBN: 84-207-2902-7
Depósito legal: S. 1.065/2003

Impreso en Gráficas Varona
Polígono El Montalvo, parcela 49
Salamanca
Impreso en España - Printed in Spain

EL DUENDE VERDE

Joles Sennell

EL SOÑADOR

Ilustración: Manuel y Vicente Sosa

QUERIDO LECTOR

Este libro que tienes en tus manos es una obra de teatro. Me imagino que no habrás «leído» muchas obras de teatro, ya que, normalmente, se escriben para ser representadas, es decir, para ser vistas. Y oídas, claro.

De todas formas «leer» teatro tiene su gracia: casi todo es diálogo, apenas hay descripciones... las justas para que el lector se haga una idea de dónde transcurre la acción y de lo que deben hacer los personajes. (Es lo que en el argot teatral se llama acotaciones y va impreso en un carácter de letra distinto); quiero decir que se lee muy bien, muy rápido.

Otro de los atractivos que yo le encuentro a leer teatro es que uno mismo se monta su propia función dentro de la cabeza o de su fantasía. A veces me ha resultado muy interesante comparar la puesta en escena de determinada obra con la representación que yo había imaginado al leerla...

Por esto espero que leyendo «El soñador» te diviertas tanto como me divertí yo escribiéndola. Y si algún día te reunes con un grupo de amigos y os atrevéis a montarla, tanto mejor.

Seguro que os lo pasaréis en grande... ¿Y de dónde saca, el Sennell ese, las historias que nos cuenta?, a lo mejor te preguntas. La verdad es que las saco de donde puedo. En este caso me inspiré en la tradición popular. Pero lo primero que escribí no fue la presente obra teatral, sino una narración.
Poco después de aparecer el libro, un amigo mío me pidió un texto para poder hacer de él una obra de teatro juvenil. Le hablé de este cuento y la idea le agradó. «Deberías hacer la versión teatral», me dijo. Y me puse manos a la obra.
Al pasar de la narración al teatro, la historia sufrió alteraciones: la trama se complicó algo más y aparecieron tres personajes clave: la señorona, el juez y, sobre todo, el duende de los sueños (que a lo mejor también es verde).
La obra fue estrenada en el Festival de Teatro de Sitges y me parece que gustó bastante; por lo menos los espectadores se rieron mucho.
Y nada más, amigo lector. Deseo que a ti también te guste y te haga reír la extraña historia de los sueños extraños de este zapatero soñador y cabezota.

I N D I C E

ACTO I

(El escenario representa un taller de zapatería. El lugar de trabajo está al fondo, a la derecha. La puerta de entrada de la calle se abre a la derecha del espectador. La que comunica con el resto de las dependencias de la casa del zapatero está al fondo, al lado del lugar de trabajo. En el centro, también al fondo, hay un camastro mal remendado, con una manta vieja de colorines. La puerta que da al huerto queda a la izquierda. Es de noche cuando se levanta el telón. Tal vez se ve el cielo por un ventanuco. La escena permanece en penumbra. En el taller, al que apenas toca de refilón la luz de la Luna, está el remendón trabajando a ritmo muy vivo. Clava clavos: «¡Ta-ca-tac, ta-ca-tac!», llevando el compás de una extraña melodía. Poco a poco se va aclarando la penumbra. La noche que se ve por el ventanuco va dejando paso gradualmente al alba y después al día. Mientras tanto, el zapatero no ha dejado de repicar sobre los clavos. De vez en cuando cambia de zapato, pero no de ritmo. Sus movimientos, por tanto, aunque esté sen-

tado, han de ser rítmicos. En momentos calculados hace una pausa, se seca el sudor, resopla, se estira, bosteza y vuelve otra vez a su trabajo.

Cuando ya es de día, sin que el zapatero se detenga, se oye al fondo, en la vivienda, el creciente alboroto de voces de niños, y la voz de una mujer —la madre— que les va diciendo:)

MUJER.—¡Vamos, chicos, a levantarse, que ya es de día!

—¡Eh, no riñáis!

—¡Miguel, ayúdale a tu hermana a peinarse!

—¡Alberto, deja en paz a Carlos! ¡Alberto! ¿Qué te he dicho?

—¿Qué te pasa, Susana?

—¡No llores, Enrique!

—¡Helena! ¡Tomás! ¡No riñáis!

(Y cosas así, confusas, entre gritos, risas, llantos de críos. Todo muy breve. Por fin, la voz de la madre se superpone al jaleo:)

MUJER.—¡Ea, niños, vamos a dar los buenos días a vuestro padre!

(Por la puerta del fondo va apareciendo, más o menos en fila, una larga hilera de críos que se acercan en procesión al zapatero y le dan un beso. Entre beso

y beso el zapatero clava un clavo —¡tic!—, sin dejar de hacer una carantoña a cada uno. Los chicos se dispersan por el taller. Uno coge una herramienta, otro se calza unos zapatones, otra se pone una bota por sombrero y simula que es un guerrero enarbolando una lima, dos se pelean, uno pretende subir sobre los hombros de su padre que continúa trabajando anheloso, pero sonriente. La madre, brazos en jarras, mira por un momento con gesto entre condescendiente y resignado, pero al punto reacciona.)

MUJER.—Hala, niños, que padre ha estado trabajando toda la noche y debe de estar muy cansado...

ZAPATERO.—¡Y el trabajo que aún me queda por hacer!

MUJER.—Tanto trabajar, acabarás enfermo.

ZAPATERO.—Ahora, en cuanto acabe de remendar este par, me acostaré un rato. *(El ZAPATERO vuelve a su trabajo.)*

(La madre llama a sus hijos repicando sus manos.)

MUJER.—Vamos, niños, que padre quiere descansar. Miguel, Susana, vosotros que sois los mayores, ayudadme. Tenemos que volver a entrar, que padre quiere reposar un rato. Id a jugar a la cocina. ¡Vamos! Y vosotros *(A los dos mayores)*, venid a regar el huerto antes de que el sol pique demasiado.

(Recogen a duras penas a toda la tropa y se van. cuando ya están todos fuera, aún queda un pequeñajo en medio del escenario imitando con un martillo el tac-tac de su padre. Entra corriendo Miguel, el mayor, lo coge con un impulso y se lo lleva. Aún se oye por unos momentos el alboroto de los niños y la voz de su madre pidiendo calma tres o cuatro veces seguidas. «Que vuestro padre quiere dormir y que con este jaleo no hay quien pegue ojo». *Por fin, se va apaciguando el ruido hasta desaparecer. En este momento acaba el zapatero su trabajo. Se seca el sudor, resopla, se estira, bosteza y se levanta. Está visiblemente agotado. Da un par de pasos vacilantes, vuelve a estirarse y a bostezar y, por fin, se va hacia el jergón sobre el que se deja caer y queda dormido en el acto. Ronca suavemente, con el mismo ritmo que mantenía clavando clavos.*

Por la puerta de la calle van apareciendo los parroquianos.)

PARROQUIANO.—¡Ave María! Venía a ver si ya me habías arreglado las botas que te traje ayer. Querría ir a cazar esta tarde y...

(El PARROQUIANO I ha entrado decidido y hablando en voz alta. De repente se da cuenta de que el taller está vacío y de que el remendón está durmiendo. Va bajando el tono de su voz hasta convertirse

en un murmullo como una oración. Calla. Parado en medio del escenario, mira cómo duerme el hombre. Pasan unos momentos. Entra una PARROQUIANA.*)*

PARROQUIANA II.—Buenos días!

PARROQUIANO I.—*(Se vuelve y le indica con un gesto que calle.)* ¡Chist!

PARROQUIANA II.—*(Sin bajar la voz.)*—¿Qué pasa?

PARROQUIANO I.—*(Bajando la voz y haciendo gestos de silencio.)* —Está durmiendo.

PARROQUIANA II.—¿Está durmiendo? ¡Vaya! Pues ya ha rato que salió el sol. ¡Qué zapatero más gandul! ¿Cómo quiere tener trabajo si duerme en vez de trabajar?

(Entra el PARROQUIANO *III. Es el que va más zarrapastrosamente vestido. Trae unos zapatos en la mano. Ha entrado sin hacer ruido.)*

PARROQUIANO III.—Pues duerme porque seguramente debe haber estado trabajando hasta la madrugada. Si hay algo que no se pueda decir de este hombre es que sea un gandul... No habrá nadie en el pueblo que trabaje tanto como él...

PARROQUIANA II.—¡No hay para tanto, no hay para tanto! Si fuera tan buen trabajador como dices, se notaría. Pero mira qué casa tiene, qué taller...

PARROQUIANO I.—Todo está limpio y ordenado...

PARROQUIANA II.—Sí, todo lo ordenado que quieras. ¡Pero todo es más viejo y desastrado que un prado sin regar! ¡Y los hijos! ¿Habéis visto lo remendados y mal vestidos que van esos pobres críos?

PARROQUIANO I.—Pero van limpios y arreglados.

PARROQUIANA II.—¡Y dale! ¡Da pena ver cómo van! ¿Y habéis visto cómo calzan? ¡Nadie en el pueblo lleva las alpargatas y los zuecos tan estropeados! ¡Incluso me parece que he visto a alguno descalzo! ¡Hijos de zapatero! ¡No digáis que eso no pasa de castaño oscuro!

PARROQUIANO III.—Ése es el mal del pobre zapatero: los hijos.

PARROQUIANO I.—¿Los hijos? Vamos, ¿qué estáis diciendo?

PARROQUIANA II.—¿Acaso no los quiere? ¿Se lo gasta todo en morapio?

PARROQUIANO III.—No, no. Lo que pasa es que tiene catorce. Catorce bocas que lle-

nar. Catorce pares de pies que calzar. Catorce cuerpos que vestir. Y por eso, por más que se mate a trabajar de sol a sol y a veces de luna a luna, no le llega.

PARROQUIANO I.—¡Catorce son muchos!

PARROQUIANO III.—Ya lo creo. El zapatero es un trozo de pan. Y cumplidor, a pesar de lo que tú digas. Si te dice que te pondrá unas medias suelas para tal día, él las tendrá para el día prometido, aunque se hunda el mundo.

PARROQUIANA II.—Ya veremos si tiene a punto los zuecos de mi marido. Digas lo que digas, no creo que pueda avanzar mucho en su trabajo roncando como lo hace ahora.

(Entra una nueva parroquiana. Es una SEÑORA mucho mejor vestida que los otros tres. Tiene un aire altivo y distante. Mira a los demás como una perdonavidas. Al verla entrar, los parroquianos callan y se apartan discretamente.)

SEÑORA.—¿No hay nadie que atienda en esta casa? ¡Zapatero! ¡Zapatero! ¡Que no tengo todo el día para perderlo aquí miserablemente! *(Oye los ronquidos del zapatero.)* ¿Qué es este ruido? Vaya, ahí hay alguien que duerme. No, si esta gente no hace más que estar tumbada todo el día. Y después aún se lamentan. ¡Qué más quieren, si se pasan el día durmiendo! ¡Así haremos grande el país! ¡Zapatero! *(Grita cada vez más.)* ¡Zapatero, que tengo prisa!

(Sale, por fin, la MUJER del zapatero, anhelosa, frotándose las manos con el delantal.)

MUJER.—No alboroten tanto, por favor, que mi marido duerme... *(Ve a la SEÑORA.)* Señora...

SEÑORA.—Yo busco al zapatero.

MUJER.—Es mi marido.

SEÑORA.—Pues, que salga. Quiero hablar con él urgentemente. Me han dicho que, ejem, que es un buen artesano y quisiera encargarle un par de zapatos especiales. Tengo un pequeño problema con los juanetes. *(Cambia de tono.)* Pero yo quiero hablar con el zapatero y no con... con su mujer... ¡Dígale que venga inmediatamente!

MUJER.—Es que... Verá, señora... Ahora no puede...

SEÑORA.—¿Cómo que no puede...?

MUJER.—Es que... tiene un trabajo que... que no le permite venir...

SEÑORA.—¿Que no le permite venir? ¿Sabe usted quién soy yo? ¿Dónde se ha visto que un triste zapatero, un sencillo artesano se permita hacer esperar a una señora como yo? Avise al zapatero y no me haga decir más disparates. No esperaré ni un minuto más. ¡Y como me tenga que marchar de aquí sin haber hablado con él, ya se puede preparar! ¡No sabe con quién está hablando!

MUJER.—Si que lo sé, señora, pero es que mi marido en estos momentos...

PARROQUIANA II.—¡Está durmiendo!

MUJER.—No está en condiciones de poder hablar con nadie y mucho menos con una persona de su importancia.

PARROQUIANA II.—Está durmiendo, eso es lo que pasa. Está durmiendo. Allá, en aquel rincón.

(La SEÑORA no se da cuenta de lo que dice la PARROQUIANA II, ni se digna escucharla.)

SEÑORA.—¿Está enfermo tal vez? Ay, no me diga que está enfermo. *(Haciendo amago de marcharse.)* Me horrorizan las enfermedades. Y las de la gente, ejem, de baja condición todavía más. Nunca se sabe qué pueden llegar a tener. Comen cada cosa más extraña... ¡Tal vez me convendría más encargar mis zapatos a un zapatero de la capital. *(Al dar unos pasos hacia fuera, por fin advierte lo que le ha dicho la PARROQUIANA II y se detiene.)* ¿Cómo?

PARROQUIANA II.—Es el que ronca.

SEÑORA.—¿Ronca? ¿Quiere decir que la enfermedad que tiene le da sueño? Si ya lo decía yo; esta gente coge cada cosa más extraña...

MUJER. *(Confusa.)*.—No, no es que esté enfermo, es que...

PARROQUIANA II.—Es que tiene sueño. *(En son de burla.)*

PARROQUIANO III.—*(Dándole un empellón.)* —¿Callarás de una vez?

SEÑORA. *(Mirando un poco desorientada hacia todas partes.)* —Veamos, pasito a paso, a ver si llego a entender qué es lo que ocurre... ¿Dónde está el zapatero?

PARROQUIANA II.—¡Allá, durmiendo!

MUJER.—Es que ha estado trabajando toda la noche para tener todos los encargos a punto y se ha cansado muchísimo.

SEÑORA.—Cansado ¿de qué?

PARROQUIANO III.—De trabajar. Mire, toda esta hilera de zapatos está lista. No ha parado hasta que los ha arreglado todos.

PARROQUIANA II.—¡Los zuecos de mi marido! *(Los coge, los mira. Se los queda. Hace como si se marchara subrepticiamente sin pagar.)*

PARROQUIANO I.—¡Mis botas! *(Se hurga en los bolsillos.)* ¿Cuánto le debo?

MUJER.—Un sueldo.

PARROQUIANO I.—Tenga. *(Se va. PARROQUIANA II aprovecha la ocasión para seguirle como quien no quiere la cosa.)*

SEÑORA.—O sea, que duerme, sólo duerme. Lo que tiene es sueño...

MUJER.—Y cansancio.

SEÑORA.—Sueño. ¡Y no puede atenderme porque tiene sueño! ¡Ya hablaremos de esto! Ya lo creo que hablaremos. ¡Ya lo estás despertando ahora mismo! ¡Hala!

(Mientras tanto, el PARROQUIANO III, que ha visto las maniobras de la PARROQUIANA II, la coge del brazo.)

PARROQUIANO III.—Eh, buena mujer, ¿no se olvida algo?

PARROQUIANA II.—¿Yo? ¿Qué?

PARROQUIANO III.—¡Los zuecos!

PARROQUIANA II.—¡Son de mi marido!

PARROQUIANO III.—Ya lo sé. Pero ¿no se olvida de pagar?

PARROQUIANA II.—¿Pagar?

PARROQUIANO III.—Sí, pagar al zapatero.

PARROQUIANA II.—Pagar al... ¡Ay, sí, qué despistada soy! Si ya me lo dice mi marido: algún día perderás la cabeza...

PARROQUIANO III.—¡Y también la vergüenza, si no la hubiera perdido ya! Ea, señora, que la parroquiana le quiere pagar.

SEÑORA.—¿Qué espera para despertarlo?

MUJER.—Señora, ha estado trabajando hasta que ya no se tenía en pie. Apenas si hace un momentito que duerme y me sabe mal...

SEÑORA.—¿Que le sabe mal? ¡Muy bien! Lo despertaré yo. *(Decidida, se acerca al jergón y zarandea al zapatero que no se despierta por nada del mundo. Tiene un sueño muy profundo.)*

MUJER.—*(Mirando distraídamente a la señora y yendo tras ella.)* Son dos sueldos y medio.

PARROQUIANA II.—¡Dos sueldos y medio! ¿Le han sorbido el seso? ¡Ni siquiera nuevos valen dos sueldos y medio! Medio sueldo, y aún me parece muy caro.

PARROQUIANO III.—Ea, no sea caradura, buena mujer. Si se los ha dejado mejor que cuando los compró.

PARROQUIANA II.—¡Mejor, dice! ¡Cuatro puntas mal clavadas! Un sueldo y está más que bien pagado.

MUJER.—*(Que está nerviosa por la SEÑORA, contesta mecánicamente.)* Déme lo que usted quiera.

PARROQUIANA II.—*(Triunfante.)* Aquí le dejo un... es decir, medio. Y buenos días.

PARROQUIANO III.—¡Eh, eh! *(Pero la PARROQUIANA II ya se ha ido.)*

(Simultáneamente la SEÑORA zarandea al ZAPATERO sin resultado inmediato. De repente, se levanta el ZAPATERO en sueños, como impulsado por un resorte. Brinca sobre el jergón.)

ZAPATERO.—¡Carpintero! ¡Soy un carpintero! Soy el mejor, el mejor carpintero en muchas leguas a la redonda. ¡Sierro, sierro y sierro! ¡Atornillo, atornillo y atornillo! ¡Clavo, clavo y clavo! ¡Pongo cuñas, cuñas y cuñas! ¡Ajusto, ajusto y ajusto!

(Mientras va diciendo todo esto, se agarra a la SEÑORA y le da golpes y tortas, la apretuja y tira de ella. La mujer chilla e intenta vanamente librarse de él. Su MUJER también hace esfuerzos para que el ZAPATERO deje a la SEÑORA. Pero el ZAPATERO está soñando:)

ZAPATERO.—He hecho la silla más sólida y más bonita jamás vista. Mire qué respaldo. *(Le da un ruidoso golpe en la espalda con la mano plana.)* ¿Y qué me dice de sus patas? ¡Fuertes y resistentes! Ya les puedo dar patadas, ya, que no se desvencijarán. *(Patadas.)* ¡Y el culo! ¡El mejor culo del mundo!

(Trompazo en el culo. La SEÑORA sale impelida hacia el centro del escenario. Aterrada y demudada por la impresión y los golpes, está literalmente deshecha. No es capaz de articular palabras coherentes. La indignación y el furor la ciegan.)

SEÑORA.—¡Ay de mí! ¡Ay de mí! *(Señala amenazadoramente hacia todas partes.)* Te acordarás de mí. *(Resopla.)* No sabes quién soy yo. ¡A mí! ¡Hacerme esto a mí! ¡Yo que soy una señora! ¡Nunca, nunca se había atrevido nadie! ¡Humillada, escarnecida, objeto de burla! ¡Levantarme la mano a mí! ¡A la cárcel! ¡Lo pagarás! ¡Haré que te encarcelen! ¡Te quemaré la casa! ¡Te la hundiré! No quedará piedra sobre piedra. *(Etc. a gusto de la actriz.)*

(Mientras tanto, el PARROQUIANO III *ha ido gesticulando y haciendo muecas y caminando hacia atrás hasta llegar a la puerta. Cuando ha visto que las cosas se estaban poniendo mal, se ha dicho:* «Ya volveré otro día.» Y, *calándose el sombrero, se ha pirado.*

La MUJER *ha ido siguiendo las evoluciones de la* SEÑORA *entre exclamaciones:* «¡Jesús! Madre de Dios. ¡Ay, Virgen Santísima! *Intenta en primer lugar arrancar a la* SEÑORA *de los brazos de su marido y, después, calmarla, la* SEÑORA *se yergue digna y despeinada, y se arregla un poco el vestido.)*

SEÑORA.—Muy bien. Te acordarás de mí. ¡Vas a saber quién soy yo! *(Va a salir decidida, pero está desorientada y sale por la puerta del fondo, la del huerto.)*

MUJER.—¡No, por ahí no, que se va al huerto! *(Va tras ella y se detiene en el mismo umbral.)* ¡Ésta no es la puerta de salida. ¡El estercolero! ¡Señora! ¡Oh! *(Se oye un ¡plaf! y un grito. La esposa del zapatero, horrorizada, se retira hacia el centro del escenario caminando lentamente hacia atrás. Aparece por la puerta la SEÑORA embadurnada de negro y de paja.)*

SEÑORA.—¡Lo pagaréis caro, caro! ¡Nunca más volveréis a levantar cabeza! Os... os... os... *(Si lleva parasol, ahora es el momento de abrirlo; le cae encima un montón de porquería más. Acaba marchando por la puerta adecuada. La MUJER queda en medio del escenario aterrorizada y sin saber qué hacer, desmoralizada. Se acerca al ZAPATERO lentamente. Va casi llorando.)*

MUJER.—¡Pobres de nosotros! ¡Pobres de nosotros!

(De repente se oye un griterío y llantos en la cocina. Voces infantiles que solicitan a su madre.)

—¡Madre! ¡Madre!

(La mujer se detiene, se pasa la mano por la cara, «¡Dios mío!», *y después de mirar a su marido que, soñando, vuelve a hacer gestos de serrar y clavar, se va hacia la cocina.*

Ahora cambia la iluminación del escenario. Se vuelve irreal, fantástica. El ZAPATERO y su lecho quedan completamente bañados por esta nueva luz. De repente vemos aparecer en algún sitio la imagen del sueño del zapatero: es él mismo trabajando de carpintero, construyendo marcos de ventanas, sillas, taburetes, mesas... Puede hacerse algún tipo de pro-

yección cinematográfica, porque el cuerpo del carpintero continúa tumbado, roncando. Tras él aparece de repente EL DUENDE DEL SUEÑO, *que salta por encima del cuerpo del zapatero y se adelanta hacia el proscenio con el gesto pícaro y revoltoso de todos los duendes.)*

DUENDE.—¡Buenas noches, señoras y señores! ¡Ay, buenos días! Es que con este hombre uno nunca sabe cuándo le tocará salir y cuándo le tocará esconderse. A veces se pasa horas y horas, noches enteras, trabajando como un loco, sin acordarse siquiera de que la gente decente ha de dormir de vez en cuando. Y, cuando menos te lo esperas, le oyes: «Veo todo un poco borroso. Me parece que estoy un poco cansado. Tal vez me sentaría bien una cabezadita...» Se tumba aquí y se pone a roncar como un descosido. Y ya me teneís a mí saliendo a cualquier hora, a media mañana, a media tarde, a plena luz del día. Eso es poco serio. Los duendes de los sueños han de salir en plena noche, que es cuando la gente sueña. Vamos, eso creo yo. Es que yo soy un duendecillo de los sueños. Y he tenido la mala suerte de que me tocaran los sueños de este zapatero que me lleva de coronilla con estos horarios tan raros. Ahora que, pobre hombre, ya le conviene soñar, ya, porque con lo poco que gana haciendo de remendón y con la larguíiiiiiisima familia que tiene... pasan más hambre que el perro de un señorito... Siendo tan pobre y trabajando como un burro como trabaja, se diría que habría de soñar con grandes mesas repletas de todo lo que nunca puede comer o en inmensos y riquísimos palacios donde no hubiera ni goteras ni agujeros por donde soplara el viento, como ocurre en su casa; o bien podríais pensar que sueña en grandísimas y comodísimas camas con seis o siete colchones y un ejército de criados que lo abanicaran en el verano y le llevaran bolsas de agua caliente y le arrebujaran en invierno, y cosas por el estilo... ¡Pues, no! No señor, no. Este hombre es un caso. Yo se lo tengo que agradecer, porque no me marea para programarle sueños nuevos y diferentes. No me da ningún trabajo. Siempre sueña lo mismo. Que trabaja. Que trabaja como un burro. Pero, eso sí, ¡que trabaja de carpintero!

(Mientras el DUENDE está diciendo esto, o un poco antes, el sueño del carpintero se ha cambiado por

una imagen estática —puede ser una diapositiva): un puente. El DUENDE *no se ha percatado de ello y sigue hablando, señalando lo que él cree que es el sueño del carpintero.)*

DUENDE.—Desde pequeño, este hombre sólo deseaba tres cosas. Tener muchos hijos. Y esto ya lo ha conseguido. También quería tener una casa muy grande donde cupiera toda su familia sin que se molestaran unos a otros. ¡Y ya veis qué casa tiene: pequeña, incómoda y con goteras! La otra cosa que siempre ha deseado es trabajar de carpintero. Y eso sí que no lo puede hacer ni en sueños. ¡Ay, no! ¡En sueños, sí! Pero en realidad, no. No puede dejar este oficio para establecerse como carpintero. Primero tendría que aprender y entonces ¿cómo viviría? ¿Y de dónde sacaría el dinero para comprar las herramientas, la sierra, el banco, la madera, si ahora no tiene ni para comer cuando tiene hambre? Nada, que para salir adelante tiene que continuar como remendón y sólo puede hacer de carpintero cuando sueña...

(El ZAPATERO *sí que se ha dado cuenta de que le ha cambiado el sueño. Se ha levantado y se ha*

acercado al DUENDE. *Representa que le tira de la ropa, pero el* DUENDE, *inmerso en su narración, no se percata. Por fin, el* ZAPATERO *se le planta delante e interrumpe las palabras del* DUENDE.*)*

DUENDE.—¡Eh! ¿Qué haces aquí? Tú has de estar durmiendo. ¿Cómo es que no duermes?

ZAPATERO.—No, si duermo... Todavía estoy soñando.

DUENDE.—Ah, si es así... Pero ¿no estás haciendo de carpintero como siempre?

ZAPATERO.—¡Ejem! Precisamente de esto quería hablar contigo.

DUENDE.—¡Ah! Te has cansado de hacer de carpintero ¿verdad? Ya me imaginaba que un día u otro te cansarías. Pero yo soy un duende prevenido. Te tengo preparado un catálogo de nuevos sueños que te gustará mucho. Precisamente ahora estaba hablando de él...

ZAPATERO.—No, no, si lo que yo quiero es continuar soñando que trabajo de carpintero...

DUENDE.—¿Y a qué viene eso?

ZAPATERO.—¡Se me ha encasquillado el sueño! Mejor dicho, me lo han cambiado por un puente.

DUENDE.—Tú bromeas. ¡Un puente! *(Se da la vuelta y ve el puente.)* ¡Vaya! ¿Qué es eso? Aquí hay algo que no funciona. Y es verdad: es un puente. Y ni siquiera se mueve. ¡Eso es un sueño de tercera división, hombre, eso no vale un real! Los de la emisora de sueños deben estar en Babia. Qué poca profesionalidad hay hoy en día. *(Al ZAPATERO).* No te preocupes, que esto te lo arreglo enseguida. Les cantaré las cuarenta a ésos de arriba, ya lo verás. ¡Tú no te apures, que mientras yo sea el duende de tus sueños, serás carpintero! ¿Qué se han creído ésos?

(Mientras va diciendo todo esto, busca un teléfono en algún lugar, entre su ropa o en el rincón de donde ha salido, y comienza a pedir comunicación, nervioso.)

DUENDE.—¡Eh, eh! ¿Emisora central? ¿Emisora central? Aquí el duende S.O.40. ¿Me oís? ¿Emisora central? ¡Por fin! ¡Dormíais o qué, tíos! Me habéis organizado un lío de mil diablos. O bien os habéis equivocado de canal y me habéis puesto una foto fija o habéis perdido los papeles y... Pues aquí, el sueño del zapatero, aquel que siempre está trabajando de carpintero... Que, de repente, le habéis colocado un puente, un puente que ni siquiera se mueve. Es que ya está bien, sois una pandilla de pasotas e incompetentes... ¡Incompetentes, sí!... He dicho incom... ¿Qué?... ¿Cómo, cómo?... ¡Vaya!... ¿El Puente de los Curas?... ¿De Amsterdam?... Si esto no es Amsterdam, esto es un pueblo... *(Tapa el micrófono y se dirige al ZAPATERO.)* ¿Cómo se llama este pueblo?

ZAPATERO.—Ostterlittens.

DUENDE.—*(Volviendo a hablar por el aparato.)* Ostterlittens. Este pueblo se llama Ostterlittens... Sí, un pueblecito de Holanda, sí, sí, sí... Es su pueblo. Y a él le gusta soñar que trabaja de car... ¡Ah!... ¡Ah!... ¡Oh!... ¡Vaya!... Si es así... No, no, si es así, no digo nada... Yo lo decía... Sí, sí... ¡Oh, ya lo creo! De acuerdo... Muy bien... Muy bien...

(Parece que poco a poco va cuadrando todo y suaviza su tono de voz.) Como deseéis. Lo haré... Adiós... Adiós. *(Cuelga, oculta el teléfono y se encara con el ZAPATERO. Le echa el brazo al cuello y le habla con suavidad, como consolándolo.)*

DUENDE .—Nada, chico, me dicen que de ahora en adelante has de soñar esto. Mira... *(Por el puente.)* Yo ya les he dicho que a ti te gusta otra cosa, pero no me han dejado ni hablar. Que te toca este puente, que es un puente muy bonito de la capital...

ZAPATERO.—Si yo no he estado nunca en la capital. Nunca me he movido de Osterlittens...

DUENDE.—Sí, sí, ya lo sé. Pero los de arriba me han dicho: «De ahora en adelante ha de soñar con el Puente de los Curas de Amsterdam. En este puente es donde se encuentra su felicidad». O sea que ya lo sabes. No hay más vuelta de hoja, me lo han dicho claro. O el puente, o nada. Te tendrás que conformar. Y ahora, chico, a callar, y a soñar puentes...

(El ZAPATERO se acuesta de nuevo tranquilo. El DUENDE está disgustado y deprimido. Lo mira un momento tristemente. Después hace un gesto de determinación y se acerca al jergón, dispuesto a levantar los ánimos del zapatero.)

DUENDE.—Tal vez sea verdad, que la suerte de tu vida sea este puente. Los sueños a veces tienen cosas extrañas. No muchas veces, es cierto, pero... Nada, nada, acoge este puente con buena voluntad y... Además, bien mirado, no está nada mal, ¿verdad?

(El otro no está nada convencido, pero poco a poco se lo va creyendo.)

DUENDE.—Si te lo han cambiado, por algo debe ser. *(Él mismo se exalta intentando autoconvencerse.)* ¡Estoy seguro! En este puente radica tu felicidad. Clarísimo. Seguro. ¡No hay otro mejor!

(El ZAPATERO se va contagiando del entusiasmo forzado del otro y acaba lleno de ilusión.)

DUENDE.—Ahora ya lo sabes: el Puente de los Curas. Suéñalo bien que... que... no tienes nada mejor.

(El ZAPATERO se queda con el puente, mientras el DUENDE se marcha meneando la cabeza.)

DUENDE.—Es que los de la central no tienen consideración... Pobre hombre... *(Sarcásticamente.)* ¡El Puente de los Curas! ¡Él quiere soñar que es carpintero! ¡Pero, como si oyeran llover!

(Desaparece, mientras, vuelve lentamente la luz natural y entra la MUJER como alma que lleva el diablo.)

MUJER.—¡Despierta, despierta! ¡Ay, nos la

han hecho buena! ¡De ésta no salimos! ¡Despierta, que son las doce pasadas!

(El hombre se despierta.)

ZAPATERO.—Tranquilízate, mujer. ¿Qué pasa que tanto te excita?

MUJER.—¿Qué pasa? ¿Qué pasa? Mientras dormías el primer sueño esta mañana, ha entrado una señorona de esas que marcan el paso y que llevan el cuello más tieso que un palo. Venía a encargarte no sé qué delicado trabajo y te ha querido despertar ella misma cuando estabas soñando que eras carpintero, como siempre. Te imaginabas que estabas haciendo un armario o una silla o yo qué sé y te has creído que la señorona era la madera. Y venga darle estacazos, y apretujones y tirones y golpes a diestro y siniestro. ¡Le has zurrado la badana la mar de bien! Y, para postre, al huir de tus garras, se ha equivocado de puerta, ha salido por la del huerto y, ciega como iba, ha caído al estercolero...

(El ZAPATERO se retuerce de risa.)

ZAPATERO.—¡Válgame Dios, la señora! ¡De narices al estercolero! ¡Y bien apaleada!

Se le habrá reblandecido el almidón que llevaba ¿no?

MUJER.—*(Muy nerviosa.)* ¡Sí, sí, ríete! ¡Ha gritado que nos lo haría pagar caro! Ha prometido que nos hundirá. Ha ido a quejarse al juez y el juez acaba de venir con una pila de papeles así de grande: que si malos tratos, que si injurias, que si humillaciones indignas, que si patatín, que si patatán...

ZAPATERO.—*(Jaleando, contento.)* Oh, sí, patadas sí que hubo, según me cuentas...

MUJER.—¡Ríete aún, bobo! Cuando nos quiten el huerto, ya me contarás si todo te hace tanta gracia. ¡Es lo único que tenemos para no morirnos de hambre y encima te ríes, marmota! Y con esa cara de pascuas. Con lo risueño y contento que despiertas, cualquiera diría que te ha tocado el gordo.

ZAPATERO.—Pues, mira, casi. Pero, ¿qué es eso de que nos van a quitar el huerto?

MUJER.—¡La señorona!

ZAPATERO.—¿Por eso del estercolero?

MUJER.—Y por los garrotazos. El juez nos pone una multa de cien sueldos para pagarla en una semana. Si no, se nos queda el huerto. O cien sueldos o el huerto. Y como no tenemos los cien sueldos...

ZAPATERO.—*(Sin perder el buen humor.)* ¿Verdad que no? Ni cien, ni setenta y cinco, ni cincuenta, ni treinta, ni veinticinco, ni veinte, ni quince, ni diez —¿quién da menos?—, ni tres, ni dos...

MUJER.—Dos, sí. Y tres. Y cinco. Y diez. Y también quince. ¡Quince, sí!

ZAPATERO.—¿Qué?

MUJER.—Quince sueldos sí que los tengo. Mira. *(Se los enseña.)*

ZAPATERO.—*(Los ve pero no se lo cree.)* ¡Quince sueldos! Si en esta casa nunca ha habido más de media docena. ¿De dónde los has sacado? *(Le viene una idea súbitamente.)* Ya lo sé. No me lo digas, que ya lo sé. ¡El puente! ¡El Puente de los Curas! Te los ha dado el Puente de los Curas.

MUJER.—¿Con qué sale éste ahora? ¿Qué es eso del Puente de los Curas? ¿No será que hoy has soñado en una bodega y que sin saber cómo te has cogido en sueños una borrachera?

ZAPATERO.—En una bodega no, pero en un puente sí que he soñado. Es un puente de Amsterdam y dice que allí encontraré la felicidad...

MUJER.—¡Qué sueños más tontos! ¿Y quién te dice que la encontrarás, se puede saber?

ZAPATERO.—¡Oh! La central de sueños. Se ve que ésos saben mucho de estas cosas.

MUJER.—Ea, déjate de cuentos y tonterías y sueña con ser carpintero, que no te hace ningún mal ni te sorbe el seso. ¡Si te has despertado como si hubieras visto visiones! Estos quince sueldos, para que lo sepas, no son nuestros. Me los han dejado. Todo el pueblo de Ostterlittens se ha estremecido cuando ha sabido la desgracia que nos amenaza. Todos menos tú, que te despiertas con la cabeza llena de grillos y más risueño que si te hubieran estado haciendo cosquillas en los pies.

ZAPATERO.—Es que este sueño me ha dado mucha moral.

MUJER.—Preocupación te tenía que haber dado. Preocupación y más arrestos. ¿Qué comerán tus hijos, si no les puedo dar de vez en cuando alguna sopa de col y cebolla ¿Eh? ¿Qué?

ZAPATERO.—El Puente de los Cu...

MUJER.—¡Basta ya de puentes! ¡Se han acabado los puentes! Aquí tienes los quince sueldos. Todos los que podían ayudarnos ya lo han hecho. Es decir que no hay forma de sacar ni uno más, aunque ordeñáramos las piedras. Ahora mismo te irás a ver al juez, se los entregarás y le pedirás que te dé al menos un mes de tiempo. Ya sé que trabajas mucho más de lo que deberías, pero *(enternecida)* aún tendremos que trabajar más. No sé cómo saldremos de ésta, pero el huerto no nos lo quitarán. Si nos lo quitan, ya nos podemos echar a la calle a pedir limosna. Ea, vete a ver al juez y, sobre todo, arráncale la promesa de que nos dará más tiempo para pagar la multa y que la desgracia no entre en nuestra casa!

ZAPATERO.—No entrará la desgracia sino la felicidad, que el Puente de los Curas... de Amsterdam...

MUJER.—¿Aún estás con eso? ¡Mira que eres inconsciente! ¡El puente de las animaladas, so tonto!

ZAPATERO.—He pensado marchar a Amster...

MUJER.—¡Irás al juez! ¡Y volando! Y yo a la cocina, que los niños comienzan a tener hambre y ya protestan. Vamos, hombre, y suerte, que buena falta nos hace a todos. *(Va hacia la cocina y en la misma puerta se vuelve y dice.)* Hoy, para variar, hay sopa de col y cebolla. Y Dios quiera que no sea la última que nos podamos comer...

(Desaparece. El ZAPATERO hace como si fuera hacia la puerta de la calle. Pero hay algo que le ronda por la cabeza. Piensa, vacila y, de repente, como si hubiera tomado una decisión, hace un gesto de complicidad y sale animado.)

ACTO II

Una barca. A la izquierda, disimulada y oscura, de forma que, cuando sea preciso, se haga visible —o parciamente visible para el espectador—, hay una parte de la casa donde ha transcurrido la acción del primer acto. A la derecha, también disimulado u oscuro, está el Puente de los Curas de Amsterdam. De momento sólo vemos el centro del escenario y la barca. El ZAPATERO *rema. No ha perdido el buen humor. Habla solo, como quien va recordando. También podría ser que, al principio del cuadro, la barca estuviera a la izquierda y fuera avanzando poco a poco hasta llegar a la derecha, donde está el puente, y un juego de luces de diferente intensidad y color diera idea del paso del tiempo.*

ZAPATERO.—...Y cómo se puso cuando le dije que no, que no había ido a ver al juez, que me marchaba a Amsterdam. ¡Madre mía! Me pareció que se moría del susto.

(Aparece la MUJER en el rincón de la izquierda. Dialogan, sin que se vean, la MUJER y el ZAPATERO.)

MUJER.—¡Nos arruinarás a todos! ¡Por una estupidez irresponsable te juegas el pan de tus hijos! ¡Tienes la cabeza hueca! ¿No ves que Amsterdam está muy lejos y que perderás muchos días de trabajo? ¿Y cómo haremos para obtener los cien sueldos? ¿Y qué le digo yo al juez cuando venga a embargarnos el huerto? ¡Dame los quince sueldos!

ZAPATERO.—Cinco.

MUJER.—¿Qué es eso de cinco?

ZAPATERO.—Que sólo te puedo dar cinco. Cinco que me ha costado el alquiler de la barca, cinco que necesito para el viaje y cinco que me quedan.

MUJER.—¿Que has alquilado una barca?

ZAPATERO.—¡Claro que sí! ¿No decías tú misma que Amsterdam está muy lejos? ¿Cómo querías que fuera? ¡Por el canal! En pocos días estaré allí. En menos de una semana estaré de vuelta, ya lo verás.

MUJER.—¡Lo que estoy viendo es que tu cabeza de chorlito está a punto de hundirnos en la miseria. Si te vas, sí que no podremos arreglar nada y nos quedaremos sin huerto. Ahora mismo devuelves la barca y que te den el dinero y...

ZAPATERO.—*(Decidido.)* ¡Lo he soñado y me voy a Amsterdam!

MUJER.—¿Quién cree en los sueños? ¡Nadie que esté en sus cabales cree en los sueños, so animal!

ZAPATERO.—*(Dudando un momento.)* Yo tampoco creo demasiado en ellos. Me he pasado la vida soñando que soy carpintero y sólo soy el zapatero de Ostterlittens. Pero este sueño...

MUJER.—¡Te engaña! ¡Este sueño te engaña! ¡Se burla de ti!

ZAPATERO.—¡No, ni hablar! Me voy...

(Ahora sale por el fondo el DUENDE y, al tiempo que empuja la barca y la hace avanzar, explica:)

DUENDE.—Fue una discusión de aupa. La mujer no logró nada. El zapatero estaba decidido a marchar y se fue. Su mujer lo despidió de la manera adecuada.

(La MUJER grita enfurecida desde su lugar, mientras la barca se aleja.)

MUJER.—¡Cacho burro! ¡Cacho animal! ¡Cachalote! ¡Ca-puchino!

(Ella misma se da cuenta de que esta última palabra no es ningún insulto y dice en otro tono: Ah, no, que capuchino no es ningún insulto... Pero Cachalote sí. ¡Cachalote! *La MUJER desaparece. El DUENDE continúa impulsando la barca, mientras va contando:)*

DUENDE.—Tres días y tres noches tardó en ir a Amsterdam, y se gastó dos de los cinco sueldos que llevaba. En cuanto llegó a la capital, preguntó a la primera persona que encontró dónde estaba el «Puente de los Curas», y se fue derecho hacia allí.

(Ya estamos en el puente. En algún lugar ha de estar el caballero. Al principio no se ve. Tal vez sólo se ve su sombra o su silueta inmóvil.)

DUENDE.—El «Puente de los Curas» era un puente como todos los demás. No tenía nada de particular. Un arco, piedras arriba, agua debajo. El zapatero pasó y volvió a pasar por él centenares de veces, pero ¡que si quieres! Horas enteras esperó en vano que ocurriera algo maravilloso en aquel puente. Pero no ocurrió nada.

ZAPATERO.—*(En el puente, pensativo y arrepentido.)* No, si mi mujer tenía toda la razón. Soy un inocentón acabado. Aquel maldito sueño me ha engañado.

DUENDE.—Pero he aquí que, junto al puente, alguien observaba al zapatero con curiosidad hacía rato. *(El CABALLERO se deja ver completamente.)* Era un caballero. Que se trataba de un caballero se veía en su pose, en su manera de moverse y de atusarse el bigote, en la espada y en su sombrero de plumas. Pero era uno de esos señores del tres al cuarto que van por el mundo silbando mucho y comiendo poco, de esos que no trabajan ni aunque los maten —trabajar es cosa de plebeyos— y que, según cómo, tampoco dejan trabajar a los demás, pero que tienen más palabras que un mercader de ilusiones y más cara que un saco de perras. Iba hecho un adefesio; llevaba tanto el vestido, como la capa y la peluca estropeados y viejos como un guiñapo, pero él se comportaba como si fuera vestido de terciopelo fino, limpio y perfumado como una rosa. Además, manejaba la espada como los gallos su cola. Al ver al zapatero, se dijo:

(Salto del DUENDE dando entrada al CABALLERO.)

CABALLERO.—Vaya, aquí hay uno con cara

de inocente que parece que no sabe dónde pisa. Le arrancaré por lo menos una comida. Intentémoslo.

DUENDE.—Y es que el caballero, aunque llevara colgada al cinto una bolsa muy grande, la llevaba vacía. No tenía ni una moneda. Lo que sí que tenía era tanta hambre, que era capaz de comerse las piedras. Así, pues, se acercó al zapatero con afectación, masticando una pajita.

(El CABALLERO, displicente, condescendiente y paternalista, se acerca al ZAPATERO.)

CABALLERO.—Perdona, buen hombre, pero hace horas que te vengo observando y tus idas y venidas me tienen intrigado. Me ha picado la curiosidad. ¿Buscas algo por casualidad?

ZAPATERO.—¡Ay, señor! Soy el hombre más tonto y desgraciado de este mundo. ¿Me puede creer que he venido de muy lejos sólo para ver este puente, siguiendo insensatamente la visión de un sueño que me aseguraba que aquí encontraría la felicidad?

CABALLERO.—*(Burlón.)* Y ¿qué? ¿La has encontrado?

ZAPATERO.—¡Ca!

CABALLERO.—¿Y cómo es que has hecho caso de un sueño, buen hombre? ¿Cómo es que estás, con perdón, tan en Babia? Todos tenemos sueños, hombre, y ¡apañado estaría el mundo si la gente hiciera caso de sus sueños! Yo mismo, aquí donde me ves, estoy harto de soñar que en el huerto de un miserable zapatero que vive en un lugarejo llamado Ostterlittens hay un tesoro enterrado... ¿Y tú crees que hago caso de ello? ¡Ni hablar! ¡Yo no soy tan majadero!

(Lo dicho por el CABALLERO *ha electrizado al* ZAPATERO, *que está temblando.)*

ZAPATERO.—¡Repita eso de majadero! ¡Repítalo!

CABALLERO.—¿Cómo?

ZAPATERO.—Quiero decir que repita su sueño, por favor... Repítalo.

CABALLERO.—¿Esa tontería de que en el huerto del zapatero de Ostterlittens hay un tesoro enterrado? No vale la pena. ¡Lástima de tiempo y de saliva!

ZAPATERO.—¡Ay, ay! ¡Ay, ay, ay! ¡Blup! *(Demudado, sin poder articular palabra, va gesticulando.)*

CABALLERO.—Pero no te lo tomes así, hombre de Dios. Todos nos equivocamos alguna vez. Lo importante es saber superar los errores con espíritu y empuje... Pones mala cara. Debes estar cansado y tal vez en ayunas. Yo, si me lo permites, te puedo indicar un lugar donde se come muy bien a un precio aceptable. ¿Has venido de muy lejos?

ZAPATERO.—Eeeh... Aaaah... Yo... Síii, ejem, síiii... Sí, ya lo creo...

CABALLERO.—Tranquilízate, tranquilízate, que lo que te pasa tampoco es muy grave... Especialmente si se tiene la oportunidad, como tú la tienes con mi ayuda, de poder arreglarlo todo ante una buena mesa... ¿De dónde vienes?

ZAPATERO.—*(Le cuesta sacarse las palabras de la boca.)* De Ostterlittens, vengo de Ostterlittens.

CABALLERO.—¡Vaya! Ostterlittens, el pueblo de mi sueño. ¡Y yo que estaba convencido de que este pueblo no existía! Vete a saber lo lejos que cae ¿verdad?

ZAPATERO.—*(Tragando saliva y contestando afirmativamente con su cabeza.)*

CABALLERO.—¿Y, si vienes de Ostterlittens, verdad que estás muy cansado y hambriento? *(De repente el CABALLERO ata cabos sueltos y ahora es él quien gesticula y a quien le cuesta articular palabras.).* ¡Ostras! ¡Oster... Ostterlittens!

ZAPATERO.—¿Qué? *(Expectante.)*

CABALLERO.—¡Ostras! ¿Ostterlittens, dices?

ZAPATERO.—¡Sí, ostras! Ostras, quiero decir, Oster... Ostterlittens.

CABALLERO.—¡Sopla! Y, perdona la curiosidad, pero es sólo para centrar las cosas ¿sabes?, para ver si te puedo ayudar en algo, tú ya me entiendes... Esto... ¿Y qué oficio, ejem, tienes...? ¿Qué eres...?

ZAPATERO.—¡Remet! ¡Remet! ¡Rementor! *(Niega con la cabeza.)*

CABALLERO.—¿Rementor? *(Desilusionado.)* ¿De qué?

ZAPATERO.—¡De zapatrops! *(Hace gestos de que no, esforzándose por hablar bien.)*

CABALLERO.—¡Rementor de zapatrops? Ay, madre, ¿y qué es eso?

ZAPATERO.—¡Remendón de zapatones! *(Dando un grito.).* ¡Zapatero! ¡Zapatero de echar remiendos!

CABALLERO.—¡Zapatostras!

ZAPATERO.—¿Qué?

CABALLERO.—Nada, nada, ejem, eso... *(El CABALLERO vuelve a estar muy conmovido.)* Amigo mío, ¿tienes por casualidad un huertecito, pequeñito, con un estercolero, cuatro hileras de coles y cuatro de cebollas tal como yo lo he visto en mi sueño?

ZAPATERO.—*(Haciendo gestos de afirmación con todo el cuerpo.).* Ah... Ah... ¡Así es!

CABALLERO.—¡Ay, mi madre! *(Se lleva una mano a la frente, le flaquean las piernas y se desinfla: ¡cataplum! cae redondo al suelo. El ZAPATERO le presta auxilio.)*

ZAPATERO.—¡Eh, señor, señor! ¡No me dejéis solo! No se os ocurra morir ahora que estoy a punto de... ¡Señor, señor! ¡No me dejéis así! *(Lo abofetea.)* Explicadme qué tipo de tesoro habéis soñado. ¿Cómo era? ¡Señor! *(Mira a su alrededor como buscando auxilio de algún viandante.)* ¡Eh, auxilio, que este señor se ha desmayado! Y no vuelve en sí. Por piedad, decidme algo. ¡No dice ni pío!

CABALLERO.—*(Volviendo en sí lentamente.)* ¡Pío!

ZAPATERO.—¡Ah! ¡Ya vuelve! Eh, eh, ¿cómo os encontráis?

CABALLERO.—¡Compañero! ¡Compañero! *(Se incorpora. Lo mira de cerca para acabar de creérselo.)* ¡Compañero del alma! Si piensas lo que yo pienso y si lo que yo pienso es verdad... ¡me volveré a desmayar!

ZAPATERO.—¡No! ¡Eso sí que no, señor! No os desmayéis, que no conozco a nadie aquí y tengo mucha prisa por volver a casa.

(El CABALLERO se pone en pie de un salto.)

CABALLERO.—¡Eh, compañero, no corras tanto! Vayamos paso a paso y hablemos como las personas cuerdas. Escúchame bien: si sabes que en el huerto de tu casa puede haber un tesoro ¿a quién se lo debes? ¿a quién se lo has de agradecer? ¡A mí! ¡A mi sueño! Y si yo no te lo hubiera contado ¿qué?... O sea, que me parece que tienes una deuda para conmigo. No sería justo que te lo quedases todo tú solo. Con tu sueño únicamente no hubieras logrado nada...

ZAPATERO.—Y vos con el vuestro solo tampoco.

CABALLERO.—De acuerdo. Empatados. Por eso me toca la mitad.

(El ZAPATERO se lo piensa un poco y por fin dice:)

ZAPATERO.—Me parece justo lo que me proponéis. Nos repartiremos el tesoro, si realmente está en el huerto de mi casa...

CABALLERO.—¡Viva!

(Durante toda la escena el DUENDE del sueño ha estado presente, aunque no muy visible. Vuelve a tomar la palabra:)

DUENDE.—Ya tenéis, pues, al zapatero y al caballero asociados. Antes de emprender el viaje de vuelta hacia Ostterlittens, el caballero convenció al zapatero para que juntaran sus caudales y los guardaran en su bolsa diciendo que allí, cerca de su espada, estarían más seguros. *(Los personajes representan mímicamente lo que recita el DUENDE.)* Así pues, el inocente zapatero entregó al caballero todo lo que tenía: dos sueldos y un zurrón que contenía un queso de bola que había comprado a unos campesinos aquella misma mañana. Solucionado esto, se metieron en la barca y partieron...

(El DUENDE se adelanta hasta el proscenio y hace ademán de escuchar, como si alguien del público le hubiera dicho algo. Hace gestos afirmativos con la cabeza y se prepara para responder de cara al público. Mientras tanto, los dos personajes se acomodan en la barca. Se tendría que inventar algún juego de movimientos del caballero para lograr que, al final, el zapatero quedara sentado en el lugar de los remos y el caballero en la proa, con las manos en la nuca. El DUENDE responde a la silenciosa pregunta del público.)

DUENDE.—¿Que qué hago yo aquí? ¡Ah!, sí,

naturalmente. Yo soy un duende de los sueños y teóricamente sólo me hago presente cuando el ser humano a quien estoy adjudicado está durmiendo y sueña. Es verdad. Pero éste es un caso excepcional y yo tenía, digamos, curiosidad profesional por saber cómo acababa todo este lío de sueños cruzados... Pero dejemos de lado las cuestiones profesionales y volvamos a la pareja. Después de unas horas de remar, el zapatero estaba muy cansado y medio muerto de hambre...

ZAPATERO.—¿Por qué no descansamos un poco y tomamos un bocado...?

CABALLERO.—¡Muy bien pensado, zapatero! Yo también tengo mi gusanillo en el estómago.

(El CABALLERO saca el queso de su zurrón, se lo pone delante y desenvaina la espada. De un solo tajo lo parte en dos mitades: una muy grande y la otra muy pequeña. Antes de que el ZAPATERO tenga tiempo de hacer el menor gesto, el CABALLERO ya se ha apoderado de la grande y comienza a comérsela vorazmente. El ZAPATERO, tras observar perplejo las manipulaciones del caballero, coge la parte más pequeña y le clava un mordisco en actitud pensativa. Se traga el primer bocado, muerde otra vez y dice un poco vacilante:)

ZAPATERO.—Señor caballero... Me parece que vos tenéis una manera muy... particular de partir las cosas...

CABALLERO.—¡Mmmm! *(Muy atareado en comer su parte.)*

ZAPATERO.—Me parece que no me conviene repartir nada con vos...

CABALLERO.—*(Comiendo.)* Compañero, has tocado un punto muy delicado. Aquí, tal como me ves, vengo de una familia muy noble. ¡Qué digo noble! ¡Nobilísima! Mis antepasados han hecho todas las guerras importantes del país, han servido a las órdenes de los reyes más poderosos del continente y se han hecho merecedores de los galardones más gloriosos en las más decisivas batallas. Quiero decir, por lo tanto, que no estoy acostumbrado a compartir las cosas con nadie. Eso no está bien en una persona de mi... categoría social. Si te he de ser sincero, ni siquiera es aconsejable que un hombre de sangre noble como yo comparta las cosas con un plebeyo como tú...

ZAPATERO.—Hombre, si es así, no os preocupéis. Bajad de la barca, devolvedme las monedas y ...

CABALLERO.—¡Vayamos por partes! A eso iba, compañero zapatero. Habrás advertido que te llamo compañero. Esto, no hace falta decirlo, es un gran honor para ti. Te sitúo a mi altura. Y es que la circunstancia que nos une, ¡hum!, es especial. Por eso hago una excepción. Porque, si bien a la gente como yo le está prohibido mezclarse con la clase baja y aún más prohibido trabajar...

ZAPATERO.—¿Prohibido trabajar?

CABALLERO.—¡Prohibido trabajar! ¿Dónde se ha visto que un caballero, por ejemplo, reme y sude como un vulgar, ¡hum!, zapatero? ¿Dónde?

ZAPATERO.—¡Es verdad! ¡Yo no recuerdo haberlo visto nunca!

CABALLERO.—¿Te das cuenta? De todas maneras yo accedo gustosamente a compartir la barca contigo. Y cada uno actúa según su categoría. Tú remas. Yo vigilo. *(Desenvaina la espada marcialmente.)*

ZAPATERO.—¡Ah, vigilas! ¿Y qué vigilas?

CABALLERO.—Primero vigilo el agua. El agua es traidora, ¿no lo sabías? En segundo lugar vigilo la orilla. Nunca se sabe por dónde pueden salir los malhechores. En tercer lugar, te vigilo a ti.

ZAPATERO.—¿A mí? ¿Por qué?

CABALLERO.—La gente como tú siempre necesita a alguien que lo vigile. Si no os vigilan, no sabéis trabajar con la debida eficiencia.

ZAPATERO.—¡Ah!

CABALLERO.—¡Y este servicio de vigilancia te lo hago gratis!

ZAPATERO.—¡Gracias! *(Irónico.)*

CABALLERO.—Sí. ¿Entiendes ahora el gran problema que me plantea el tener que relacionarme contigo?

ZAPATERO.—No demasiado, la verdad. Lo único que sé es que del queso que *yo* había comprado con *mi* dinero a mí sólo me ha tocado una pequeñísima parte, mientras que vos os zampabais la parte mayor.

CABALLERO.—No has entendido nada, compañero. Pero es igual, dejémoslo, olvidémoslo, porque, si no me equivoco, tenemos una fortuna a medias y eso es lo que verdaderamente cuenta. Pero, ya que lo tendremos que compartir todo hasta que lleguemos a tu pueblo y para evitar que

se vuelvan a repetir, ¡hum!, incidentes, para evitar suspicacias, digo, y para que no se pueda decir que a la hora de repartir tú coges el trozo mayor y yo el más pequeño...

ZAPATERO.—¡Hala! Si no ha sido así la cosa. Habéis sido vos quien ha cogido el mayor y el más pequeño me ha tocado a...

CABALLERO.—Bueno, bueno, bueno... Sólo era un decir. No es preciso que bajemos en este momento a cuestiones de detalle... Lo que cuenta es que no se vuelva a repetir...

ZAPATERO.—¡Eso!

CABALLERO.—Por tanto, te propongo una solución drástica y salomónica que...

ZAPATERO.—¿Cómo decís?

CABALLERO.—Es igual. Palabras sabias que tú naturalmente no entiendes. Quiero decir, una solución que acabe para siempre con toda discusión entre tú y yo. Fíjate: de lo que nos tengamos que repartir, uno se quedará con la parte de fuera y el otro con la de dentro. Así no habrá problemas sobre cuál es la mayor. Además, para que veas mi buena voluntad y mi generosidad te dejo escoger a ti. ¿Qué prefieres, la parte de fuera o la de dentro?

(El ZAPATERO hace rato que ha acabado su trozo de queso y sólo le queda el trozo de corteza que va royendo lenta y afanosamente. La mira, calculador.)

ZAPATERO.—*(Para sí mismo.)* Me parece que será mejor que elija lo de dentro. Las partes interiores de las cosas suelen ser mucho mejores y más tiernas, y las de fuera suelen ser duras y difíciles de comer... *(Al caballero.)* Yo elegiría la parte de dentro.

CABALLERO.—¡De acuerdo! Tú la de dentro y yo la de fuera. Y ahora que ya hemos arreglado este asunto, tal vez será mejor que nos volvamos a poner en marcha. Aún nos queda mucho camino por recorrer... *(Desenvaina la espada y, aunque no lo es, el gesto parece una velada amenaza. El ZAPATERO corre a empuñar los remos y se pone a remar sin dilación.) (Sale el DUENDE.)*

DUENDE.—¡Menos mal que el viaje de vuelta era a favor de la corriente, que, si no, el zapatero hubiera sudado la gota gorda! Y como tenían mucha prisa por llegar al final del trayecto, el caballero tuvo otra de sus brillantes ideas: no detenerse ni de noche ni de día, si no era para comprar algo de comer y tomar un bocado para recuperar fuerzas, que, por lo visto, era muy fatigoso eso de vigilar y enarbolar la espada... Y en eso que volvieron a tener hambre y decidieron comer otra vez. El zapatero acercó la barca a la orilla y el caballero se fue al pueblo próximo a comprar algo para comer, mientras el zapatero se quedaba en la barca descansando. Al cabo de un rato... *(Vuelve el CABALLERO. Trae un hatillo.)*

CABALLERO.—¡Qué! ¿Hay hambre?

ZAPATERO.—¿Hambre? Estoy más hambriento que un lobo.

CABALLERO.—Pues, ¡adelante! *(Y abre el paquete que llevaba. Hay media docena de pescaditos fritos. El ZAPATERO se lanza hacia ellos y atrapa uno. Pero el CABALLERO le pega con la espada en los dedos.)* Un momento, compañero. Te olvidas del acuerdo a que hemos llegado durante la primera comida... A ti te toca la parte de dentro *(Mientras va hablando, abre el pescado, le quita le espina y, con ampuloso gesto, se la ofrece al ZAPATERO que la coge boquiabierto y de mala gana.)* y a mí la parte de fuera.

(El CABALLERO comienza a comerse la carne del pescado con mucho apetito, mientras el ZAPATERO, tras un momento de vacilación, chupa afanosamente la espina. De nuevo el CABALLERO comienza un segundo pescado y pasa la espina al ZAPATERO que, chupando, chupando, contempla cómo come el CABALLERO. Al tercer pescado, el ZAPATERO ya no puede aguantar más.)

ZAPATERO.—Escuchad, caballero...

CABALLERO.—Mmmm *(Atareado comiendo.)*

ZAPATERO.—Estaba pensando si... Eso, si le importaría cambiar...

CABALLERO.—¿Cambiar? ¿Qué es lo que deseas cambiar?

ZAPATERO.—El acuerdo... Preferiría quedarme con la parte de fuera.

CABALLERO.—Pero, ¡amigo mío!, ¡eso no se hace! Un acuerdo es un acuerdo y nosotros somos gente de palabra. ¿No has querido tú mismo quedarte con la parte de dentro? Pues, ¿de qué te quejas?

ZAPATERO.—¡Tengo hambre!

CABALLERO.—¡Tienes hambre! ¿Y eso justifica tu comportamiento de hombre sin palabra? ¡Comienzo a pensar que no te mereces la confianza que he depositado en ti! Eres un informal, un indeciso y esto es peligroso...

ZAPATERO.—Si yo sólo...

CABALLERO.—¡Nada! te aviso que con estas dudas nunca irás a ninguna parte y nunca harás nada de provecho. Un hombre sensato ha de saber lo que quiere. En esta vida la indecisión es el origen de casi todos los infortunios...

ZAPATERO.—¡Tengo hambre!

CABALLERO.—¡Esto no es ningún argumento!

ZAPATERO.—Ah ¿no?

(El ZAPATERO *harto de que le tomen el pelo, se levanta amenazadoramente de su sitio y se acerca al* CABALLERO. *Está dispuesto a todo. Se le nota en la actitud decidida y firme que adopta y en la manera como agarra al* CABALLERO *por la chaqueta. Éste, por fin, se acobarda...)*

CABALLERO.—Muy bien, muy bien, compañero... No hay que exaltarse. Somos hombres de bien y entre hombres de bien todo se puede arreglar hablando. No es preciso utilizar ciertos ¡hum! métodos poco... poco civilizados. De acuerdo. Quieres cambiar el acuerdo, pues, cambiémoslo. ¿Ves qué fácil? A mí me tocará la parte de dentro y a ti la de fuera ¿no?

El ZAPATERO asiente con un gruñido y coge un pescado dispuesto a comérselo, pero el CABALLERO se los pone fuera de su alcance.)

ZAPATERO.—Y ahora ¿qué?

CABALLERO.—¡Nada, nada, amigo mío! No te pongas nervioso que todo está muy claro. Está decidido. Pero...

ZAPATERO.—Pero ¿qué? *(Irritado.)*

CABALLERO.—Que esto de ver que cambias de opinión cada momento me pone nervioso y me desorienta y me confunde. Y, aunque esta vez he aceptado cambiar, te agradecería que te decidieras definitivamente.

ZAPATERO.—Os lo he dicho bien claro. ¡Quiero la parte de fuera, y se acabó!

CABALLERO.—Sí, sí, pero me tendrías que asegurar que no volverás a cambiar de opinión.

ZAPATERO.—¡Os lo juro!

CABALLERO.—Muy bien. Pero las palabras se las lleva el viento. Para estar completamente seguros habría que hacerlo por escrito...

ZAPATERO.—Como se os antoje, pero ¡dadme el pescado de una vez, sabiondo!

CABALLERO.—Cada cosa a su tiempo. Antes tendríamos que firmar el papel.

ZAPATERO.—¿Qué papel, si no tenemos papel?

CABALLERO.—Yo llevo papel. *(Se lo saca de la pechera junto con una pluma y un tintero incorporado, como un prestidigitador que se saca las cosas de la manga...)*

CABALLERO.—Como veo que estás anhelante por acabarte el pescado, tú vete comiendo, que yo ya lo escribiré...

El CABALLERO escribe y el ZAPATERO se lo va zampando todo guardándole cuidadosamente las espinas. Acaban al mismo tiempo.)

CABALLERO.—Ya está. Firma aquí. *(Mostrándole el papel y pasándole la pluma.)*

ZAPATERO.—*(Mira el papel, masticando todavía. Después, coge la pluma y hace un garabato en el papel.)* La próxima comida saldré contigo a comprar, aunque esté muy cansado...

CABALLERO.—Como quieras. Pero no sé si lograremos comer...

ZAPATERO.—¡Cómo que no comeremos! Pagando...

CABALLERO.—Sí, seguro. Pero los ladrones de este pueblo me han pedido dos sueldos por este pescado y nos han dejado sin blanca.

ZAPATERO.—¡Cómo, sin blanca! Si yo te he dado dos sueldos...

CABALLERO.—¡Estamos buenos! ¿Y con qué te crees que he comprado el pescado? ¡Con tus dos sueldos!

ZAPATERO.—¿Y los tuyos?

CABALLERO.—¿Los míos? ¿Cuáles?

ZAPATERO.—Los que teníais cuando hemos juntado nuestros caudales...

CABALLERO.—¡Ah, sí! Entonces... Los hemos juntado, sí. Tú has puesto las monedas y yo la bolsa... De nuestro capital tú habías puesto el alma y yo el cuerpo, lo entiendes ¿verdad?

ZAPATERO.—No, en absoluto.

CABALLERO.—Pues, es igual. Son cosas demasiado elevadas para un hombre sencillo como tú. Y vamos al grano, aunque estamos todavía muy lejos de Ostterlittens...

(El ZAPATERO coge los remos y el CABALLERO se guarda el documento en el pecho. Sale el DUENDE.)

DUENDE.—Pues sí, sí. Ya no tenían un céntimo para comprar comida, pero el viaje de vuelta tampoco era tan largo. Yendo a favor de la corriente y remando sin parar, en día y medio desandaron el camino. Y he aquí que, por fin, el hombre y su acompañante llegaron a Ostterlittens dispuestos a desenterrar el tesoro que había de hacerlos ricos para siempre...

ACTO III

(Una parte del taller del Primer Acto. Junto a él un trozo del huerto, rodeado por un muro de piedra de altura media. En un rincón, la pila de estiércol. Coles y cebollas. Es de noche. El taller está a oscuras. Vemos luz en la puerta medio ajustada de la cocina. Sentado en el muro está el DUENDE.*)*

DUENDE.—Los duendes vamos más rápidos que los humanos; por eso he llegado antes. Quería tener una localidad de preferencia a la hora de desenterrar el famoso tesoro... Pero ¡silencio!, que ya llegan... *(Mira hacia atrás.)* ¡Eh!, me parece que no son ellos... ¡Es una señora!

(Por detrás del muro vemos la cabeza de la SEÑORA*. Mira hacia la casa para ver si hay alguien. Sube con dificultad al muro precisamente a la altura del estercolero, pero sin darse cuenta de este detalle. Se esfuerza por ver bien cómo es el huerto.)*

SEÑORA.—Me parece que duermen... Con esta oscuridad, poca cosa podré ver. Pero no podía escoger una noche clara porque me hubieran visto. Ahora que, al fin y al cabo, el huerto es mío: no me han pagado la indemnización que les impuso el juez, y él lo dijo bien claro: o pagan los cien sueldos o, cataclás, les embargamos el huerto. Lo que quiere decir que el huerto es mío. No parece gran cosa, pero no es el valor del huerto lo que cuenta. Es mi dignidad. Y si, además de salvar la dignidad, una puede sacar algo, aunque no sea más que un huerto como éste, pues mira... Bueno, veámoslo más de cerca.

(Se prepara para saltar y salta. Cae al estercolero. Grita y lucha por salir. Después del grito vemos cómo se abre la puerta de la cocina y sale de allí la MUJER armada con una escoba. Atraviesa el taller como una exhalación e irrumpe en el huerto, gritando:)

MUJER.—¡Ladrones, ladrones! ¡Fuera! ¡Fuera de aquí!

(Le sacude un buen estacazo a la SEÑORA que sale del estercolero con dificultades y pone pies en polvorosa, perseguida por la MUJER.)

SEÑORA.—¡No, no, si soy yo! El huerto es mío.

MUJER.—¿Tuyo? ¿Tuyo? ¡Ahora verás si es tuyo! ¡Esto sí que es tuyo! *(Garrotazo.)* ¡Jarabe de escoba todo lo que quieras! ¡Toma, toma y toma!

SEÑORA.—¡Esto no acabará así! ¡Ahora mismo voy a buscar al juez y ya hablaremos! El huerto es mío. Me ampara la ley.

MUJER.—Te ampara, pero no te para los garrotazos. ¡Toma, toma y toma!

(La SEÑORA tiene que huir saltando el muro como puede. La MUJER se queda sola.)

MUJER.—Vete a buscar a quien quieras. El huerto es mío y nadie me lo podrá quitar, aunque venga un ejército de alguaciles. *(Por ella.)* Me parece que ha quedado bien escarmentada. Al menos por esta noche no tendrá ganas de volver. Ya me puedo ir a dormir... *(Da unos pasos. Suspira.)* ¡Y el soñador de mi marido con su puente! Eso sí que... *(Se va.)*

(Apenas se mete en la cocina y se apaga la luz, vemos aparecer las caras del ZAPATERO y el CABALLERO tras del muro. Los dos se encaraman y saltan al huerto. El ZAPATERO va derecho al rincón donde

tiene las herramientas. Coge un legón. Se vuelve y se lo da al CABALLERO *que está detrás de él. El* CABALLERO *emite un chasquido con la lengua y mueve la cabeza, se aclara la garganta y se mira las uñas antes de decir:)*

CABALLERO.—Amigo, compañero, nos tendríamos que organizar.

ZAPATERO.—Eso. Organicémonos. Tomad vos el legón y comenzad a cavar, que yo cogeré la azada y...

CABALLERO.—Poco a poco. Ya te he explicado que me está prohibido coger cualquiera de estas, hum, horrorosas herramientas...

ZAPATERO.—Sí. Y también habéis añadido que, tratándose de un tesoro, haríais una excepción.

CABALLERO.—Sí, señor. Y pienso hacerla: te ayudaré. *(Se sienta en el poyo del muro.)* Tengo que concentrarme para recordar el lugar exacto donde soñé que estaba el tesoro. Tú cava y yo iré recordando. Ésta es la mejor manera en que podemos colaborar tú y yo...

(El ZAPATERO *emite un chasquido, mira de soslayo al* CABALLERO *y comienza a picar. El* CABALLERO *va dirigiendo la operación:* «Un poco más adelante».

«Prueba un poco más a la derecha». «Tal vez tendrías que ahondar más...». «¿Y si intentáramos cavar en aquel lugar...?»)

(La luz de la cocina se vuelve a encender y la MUJER vuelve a pasar por el taller. Sale al huerto como antes enarbolando la escoba y gritando: «¡Ladrones! ¡Ladrones!» *Comienza a dar golpes a diestro y siniestro. Nada más oír el primer grito, el CABALLERO salta de la pared y se abraza al ZAPATERO que queda sujeto sin poder hacer nada, mientras los dos van recibiendo escobazos. Se lamenta:)*

ZAPATERO.—¡Eh, mujer, para, para que soy yo! ¡Tu marido, el zapatero!

(Por fin la MUJER lo reconoce.)

MUJER.—¡Mira quién es! ¿Tú crees que es manera de entrar en tu casa saltar por el huerto en lugar de entrar por la puerta como las personas honradas? Qué, criatura de Dios, ¿ya has encontrado la felicidad que decías?

(El ZAPATERO no responde.)

MUJER.—¡Ah! Ya veo que no...

CABALLERO.—Señora mía. Supongo que vos debéis ser la esposa de mi amigo y...

MUJER.—¿Y quién es este pelagatos?

CABALLERO.—Como le decía, señora, si me deja explicar...

MUJER.—Lo que me tendréis que explicar los dos, y bien de prisa, es qué demonios hacéis echando a peder las coles y cebollas de mi huerto. Porque a éste de aquí *(Por el ZAPATERO)* no sólo le da la venada de dejarlo todo patas arriba gastándose lo que no es suyo, sino que, cuando vuelve, después de una semana sin trabajar, se pone a destrozar el huerto como si fuera la cosa más natural del mundo. ¡Y, encima, nos trae un extraño señoritingo!

CABALLERO.—Señora mía...

MUJER.—¡Señora nada! ¡A callar! ¡A callar o vuelvo a repartir jarabe de palo! Se acabó el estropearme las hortalizas. Ahora mismo me volvéis a dejar el huerto tal como estaba. Y cuidado con que quede una cebolla torcida o una col mal plantada...

ZAPATERO.—¡Es que aquí hay un tesoro!

MUJER.—¡Un tesoro! ¡Un montón de garrotazos os llevaréis si no comenzáis a moveros! ¡Y basta de cuentos! ¡Ya te encontrarás el tesoro cuando tengas que devolver los quince sueldos que te has pateado inútilmente!

ZAPATERO.—¡Te aseguro que hay un tesoro! Y está aquí. ¡Que éste lo ha visto!

MUJER.—¿Éste, dices que lo ha visto? ¿Aquí? ¿Por casualidad ve bajo tierra? *(Adopta un aire de suspicacia.)* ¿O tal vez también lo ha visto en sueños?

ZAPATERO.—¡Exactamente! ¡Lo ha soñado!

MUJER.—¡Zopenco, cabeza hueca! ¡Cabeza de burro, cachalote! ¡Capuch...!

ZAPATERO.—No. Capuchino no, que no es ningún insulto.

MUJER.—Tienes razón. Pero cachalote, sí. ¡Cachalote! ¡Mira que se ha de ser inocente para creer en un pájaro como éste! Porque a semejantes tipejos ya me los conozco yo bien. ¡Ya lo creo que los conozco! ¡Me los conozco al dedillo! Hablan, hablan... Y, cuando te das cuenta, ya te han liado. Y tú, que eres tan bendito, le debes de haber creído y te ha hecho comulgar con ruedas de molino. Pero a mí, ¡a mí sí que no me engaña!

ZAPATERO.—Hay un tesoro, ¡un tesoro!

(Diciendo esto, el exasperado ZAPATERO empieza a picar con el legón empleando todas sus fuerzas.)

MUJER.—Ni tesoro ni...

(En esto se oye un clic metálico. Todos quedan sorprendidos, incluida la mujer. El ZAPATERO *vuelve a mover suavemente la tierra con su azada. Vuelve a oírse el ruidito. El* CABALLERO *brinca como un saltamontes, se arrodilla en el suelo y comienza a escarbar como un poseso. Por fin, saca una olla llena de monedas.)*

CABALLERO.—¡El tesoro!

ZAPATERO.—¡El tesoro!

MUJER.—¡Mira tú! ¡Era verdad!

ZAPATERO.—Claro que era verdad! ¡Yo sabía desde el principio que esta historia del sueño tenía que acabar bien! Te convences ahora, ¡cacho burra! ¡cacho animal! ¡ea...!

(La MUJER *sisea haciendo gestos de que no. El* ZAPATERO *rectifica.)*

ZAPATERO.—¡Cachalote más que cachalote!

MUJER.— *(Conciliadora.)* Sí, sí, ya veo que tenías razón. ¿Quién lo había de pensar? ¡Una olla llena de monedas! ¡Ahora sí que no nos quitarán el huerto! ¡Ahora sí que no! *(Se abrazan contentos.)*

Mientras tanto, el CABALLERO *ha cogido la olla, se la ha llevado a un rincón, la ha dejado en el suelo y ha comenzado a embolsarse las monedas. El* ZAPATERO *se da cuenta y se acerca.)*

ZAPATERO.—¡Eh, caballero! ¿Qué hacéis?

CABALLERO.—¿Yo? Cojo las monedas...

ZAPATERO.—Sí, pero veo que ni siquiera las contáis... Nos tenemos que repartir el tesoro.

CABALLERO.—Sí, sí, es lo que he hecho. *(Se las ha quedado todas.)* Aquí tienes la olla.

ZAPATERO.—¿Qué es eso de la olla?

CABALLERO.—La olla. La parte de fuera. Así es como quedamos cuando hicimos el último trato. Tú la parte de fuera, yo la de dentro...

ZAPATERO.—Pero, pero...

CABALLERO.—Un trato es un trato. Y, además, lo tengo firmado. ¡Lo que se ha firmado se cumple!

(El CABALLERO*, mientras habla, va reculando lentamente hacia el muro con la intención de huir en cuanto pueda. La* MUJER *lo mira un poco perpleja, sin saber qué pasa. Quien tiene la mosca detrás de la oreja es el* ZAPATERO*.)*

ZAPATERO.—¡Estás acabando con mi paciencia con tus marrullerías de salteador de camino real, caballero de pacotilla, zopenco! Tú has hecho el reparto a tu manera y ahora yo te enseñaré a hacerlo a la mía... *(Levanta amenazadoramente el legón.)*

CABALLERO.—¡Eh, eh, compañero, deténte! No te exaltes.

ZAPATERO.—¡Ya lo creo que me exalto! ¡Fíjate si me exalto que pienso abrirte la cabeza ahora mismo! O, si no, dame la parte que me corresponde y se acabó.

CABALLERO.—Pero éste no es el acuerdo. Hemos firmado un papel que...

ZAPATERO.—¡Me río yo de los acuerdos contigo, embustero de marca!

MUJER.—¿Qué significa todo esto? ¿Qué pasa?

ZAPATERO.—Pasa que ahora mismo verás cómo a este caballero le hacen una capa a su medida. Y nueva, no remendada como la que ahora lleva. Y del mejor terciopelo: ¡terciopelo de paliza!

MUJER.—*(Fijándose en la olla vacía.)* ¿Dónde están las monedas?

ZAPATERO.—De aquí viene todo. Se las lleva en esa bolsa.

MUJER.—*(Tomando parte activa en la discusión.)* Pues, a fe que no las llevará mucho rato. *(Avanza retadora. El CABALLERO retrocede.)*

CABALLERO.—Un momento, señora, tranquilícese. Actuemos como personas juiciosas y no nos dejemos llevar por las pasiones... violentas. La violencia nunca arregla las cosas.

MUJER.—¡Ahora mismo podrás comprobar si las arregla o no!

CABALLERO.—¡Calma! ¡Calma! Calmaos y escuchadme. Así nunca nos entenderemos. Vosotros tenéis vuestra razón y yo la mía. Necesitamos la sentencia de otra persona, una cabeza despejada que vea claro y que decida quién de nosotros tiene razón. Necesitamos...

ZAPATERO.—Esta persona ya está aquí.

CABALLERO.—*(Esperanzado, creyéndose salvado.)* Ah, ¿sí? ¿Dónde está?

CABALLERO.—¡Aquí! *(Enseñándole el legón.)*

(Detrás del muro ha aparecido la cabeza de la SEÑORA, acompañada por un nuevo personaje: el JUEZ. Éste es quien interviene en la conversación.)

JUEZ.—¿Qué pasa aquí? ¡Soy el juez!

(La SEÑORA, todavía sucia, y él saltan el muro. Los tres personajes anteriores se vuelven y miran a los recién venidos, ocasión que aprovecha el CABALLERO para intentar marcharse. Sin embargo, la MUJER lo agarra por el brazo.)

MUJER.—¡Tú, aquí!

(Todos rodean al JUEZ. Todos le hablan, gesticulan, se empujan unos a otros para hacerse oír. Pero no se oye ruido alguno, la única voz que se oirá será la del DUENDE, que se ha colocado sobre el muro y cuenta lo que pasa.)

DUENDE.—El juez quiso saber qué se cocía en aquel huerto a aquellas horas de la noche y pidió que se lo explicaran. ¡Y la hizo buena! Necesitó Dios y ayuda para sacar algo en claro con tantos como hablaban y gritaban al mismo tiempo pretendiendo tener razón. Incluso la señora, al enterarse de que acababan de sacar una olla llena de monedas de oro de «su» huerto, empezó a decir a voz en grito que ya se había acabado la discusión porque el tesoro era suyo, ya que ella era la propietaria legal de aquel lugar. Por fin, el juez se vio capaz de todo y logró imponer un poco de orden...

(Todos hablan a la vez.)

JUEZ.—¡Callad! ¡Todos a callar! Callad u os encierro a todos. ¡Y usted también, señora! *(Gritando.)* ¡No hay nadie por encima de la justicia! *(Se callan.)* Muy bien, así me gusta. Que seáis buenos chicos. Ahora podremos empezar a considerar el caso con calma y tranquilidad, que es como se han de hacer las cosas. Para empezar, tenemos que ver los objetos en litigio. Haced el favor de depositar aquí, ante mí, la olla y las monedas en cuestión...

(Lo hacen. El CABALLERO de muy mala gana.)

JUEZ.—¿Y decís que hay de por medio un contrato firmado...?

CABALLERO.—Sí, señor juez. Un contrato escrito. ¡Aquí lo tiene!

(Se lo saca y lo entrega al juez, el cual lo toma y lo lee atentamente, mientras el ZAPATERO y su MUJER no hacen más que ir diciendo:)

ZAPATERO.—Este contrato no sirve. Sólo valía para las cosas de comer que comprábamos por el camino... ¡Con mi dinero, para más inri!

MUJER.—¡Mira que eres tonto!

ZAPATERO.—Lo soy. Pero el contrato sólo se refería a lo que nos repartíamos para comer.

JUEZ.—Aquí no consta esta cláusula, zapatero. Lo cual significa que este documento tiene validez para cualquier cosa que tengas que repartir con el caballero. Lo que yo quiero saber es: ¿habíais llegado al acuerdo de repartiros el tesoro sí o no?

SEÑORA.—El tesoro que no es de ninguno de los dos sino mío, porque lo han encontrado en una propiedad mía...

JUEZ.—¡Usted, a callar! Ya llegaremos aquí, si es preciso. No interrumpa a la justicia o...

MUJER.—¡Al estercolero! *(Amenazadora.)*

(La SEÑORA retrocede y está a punto de volver a caer en el estercolero.)

JUEZ.—Entonces ¿qué? ¿Lo habíais acordado?

(El ZAPATERO mueve la cabeza sin querer responder.)

JUEZ.—¿Sí o no?

ZAPATERO.—Síiiiii...

MUJER.—*(Entre dientes.)* ¡Idiota! *(Rabiosa.)*

(La SEÑORA retrocede y está a punto de caer en el estercolero.)

JUEZ.—Pues, si es así y tú mismo lo reconoces, no hay duda. El reparto que ha hecho el caballero es de ley, según el contrato: al zapatero le toca la olla y a él las monedas...

MUJER.—¡Pero eso no es justo!

JUEZ.—Yo no he dicho que sea justo.

MUJER.—Ah, ¿no? Si no es justo, ¿por qué lo da por bueno?

JUEZ.—Porque, aunque no sea justo, es legal. Hay un documento. Y el caballero ha repartido tal como ordena el documento. Por eso no tengo nada que decir: lo ampara el contrato y el contrato, en este caso, es como si fuera ley.

MUJER.—Ah, ¿sí? Pues mire qué hago yo con todo este juego de trampas. *(Agarra el contrato de un tirón, lo hace trizas y lo lanza al aire. El CABALLERO se abalanza intentando detenerla, pero no lo consigue: los papelitos vuelan sobre sus cabezas.)*

CABALLERO.—Pero ¿qué hace esta loca?

ZAPATERO.—¿Lo ves, sabiondo? ¡Ha hecho trizas el precioso papelito con el que pretendías estafarnos!

(El CABALLERO, desesperado, intenta recoger los trocitos de documento mientras se lamenta:)

CABALLERO.—¡El documento, mi documento legal!

SEÑORA.—Si no hay documento, no hay problema. El tesoro es mío.

MUJER.—Mi escoba te explicará si es tuyo o no...

(La SEÑORA *retrocede y está a punto de caer de nuevo.)*

JUEZ.—*(Muy digno.)*¡Señora! ¡Señora, eso que ha hecho es...

MUJER.—Ya le diré yo, señor juez, lo que acabo de hacer. He hecho algo que no está demasiado bien...

JUEZ.—¡Un acto ilegal!

MUJER.—Un acto ilegal, si usted quiere. Pero he hecho justicia. Si el papel era injusto, al romperlo, he restablecido la justicia ¿no? ¿Y cómo puede ser malo lo que restablece la justicia? Dígamelo, señor juez...

JUEZ.—Sí. *(Rascándose la cabeza, sin saber qué contestar...)* Señora... Señora... Me ha liado con esos juegos de palabras... ¡No sé qué decirle!

CABALLERO.—¡A la cárcel! ¡Mándelo a la cárcel! ¡Hágale pegar de nuevo todos los trocitos! ¡Eso! ¡Hágale pegar todos los papelitos de mi documento!

SEÑORA.—¡Nada de eso! ¿El huerto es mío! ¡El tesoro es mío! ¡Todo es mío!

JUEZ.—¡A callar vosotros dos! ¡Ahora sólo falta que me mareéis vosotros! ¡Ya sé yo lo que he de hacer! *(A la MUJER.)* De todas maneras lo que habéis hecho no sirve para nada. Aunque ya no exista el contrato, yo sé lo que decía y puedo dar fe de ello. ¡Y estoy obligado a hacerlo cumplir!

CABALLERO.—¡Viva! Es usted... Es... ¡El mejor juez del mundo!

SEÑORA.—¡Nada de eso! Yo era la primera. ¡Antes ha de solucionar mi caso!

(El JUEZ hace un gesto ampuloso para que todos callen.)

JUEZ.—Aún no he acabado. Las cosas se han de hacer bien y por orden. Esta señora tiene razón. Su caso iba primero.

MUJER.—Sí, y de la primera *(Amenazando.)*... bofetada la saco fuera del huerto.

SEÑORA.—¿Acaso es tuyo? ¡Es mío!

MUJER.—¡Que te lo has creído!

SEÑORA.—¡Señor juez! ¿No se lo ha embargado o qué?

JUEZ.—Sí, está embargado.

SEÑORA.—Por tanto, es mío.

MUJER.—¡Sube aquí arriba y baila!

SEÑORA.—¡Es mío!

JUEZ.—Me parece que se equivoca, señora.

Que el huerto esté embargado no quiere decir que sea suyo...

SEÑORA.—Pero si se lo ha embargado porque no han podi... querido pagar la indemnización que me tenían que pagar...

JUEZ.—Precisamente por eso. Se embarga, se vende, y con lo que se saque de la venta se os pagará la indemnización...

SEÑORA.—Muy bien. Está en venta. Doy cien monedas.

JUEZ.—*(Pone la mano.)* A ver.

SEÑORA.—No es preciso que las pague. Son las que me han de dar en cuanto se haya realizado la venta. O sea, que el huerto es mío.

JUEZ.—*(Rascándose la cabeza.)* Me parece que ya me he vuelto a liar...

MUJER.—Es que esta señorona tan tiesa es una embaucadora y una picapleitos que lo que necesita es un poco de marcha... de escoba.

CABALLERO.—Bueno, yo me llevo las monedas, que, tal como ha dejado bien sentado el señor juez, son mías y bien mías.

JUEZ.—¡Yo no he dicho tal cosa!

CABALLERO.—Ah, ¿no? Si lo acaba de decir ahora mismo...

SEÑORA.—Si el huerto es mío, la olla y las monedas son mías...

MUJER.—¡Nadie tocará nada de este huerto, mientras yo esté aquí y tenga una escoba en las manos!

SEÑORA.—¡Eso no es justo, señor juez! El huerto es mío, la olla estaba en mi huerto y ahora me quieren dejar sin huerto y sin olla.

CABALLERO.—La olla te la puedes tragar.

MUJER.—¡A ti te tragaré yo como intentes escapar con las monedas!

(Se arma un guirigay mayúsculo. El JUEZ tiene que volver a imponer su autoridad levantando la voz:)

JUEZ.—¡A callar todos! Al primero que hable sin que yo le dé la palabra, lo expulso de la sala, quiero decir, del huerto ¿entendido? Ahora hablo yo y nadie más que yo. Y al que intente abrir el pico sin que yo lo autorice, ¡zas!, ¡multa al canto!

CABALLERO.—Pero si todo estaba claro. Yo me llevo las monedas y...

JUEZ.—¡Multa! *(Saca una libreta y apunta.)*

CABALLERO.—Pero si ya estábamos...

JUEZ.—*(Apuntando de nuevo.)* ¡Más multa!

CABALLERO.—Pe... *(El juez lo mira sesgadamente y el hombre calla.)*

JUEZ.—¿Todos callan? Muy bien. Recapitulemos. Empecemos por el principio. ¡El huerto!

SEÑORA.—Es mío, eso está claro tal como ya...

JUEZ.—*(Apuntando.)* ¡Multa!

(La SEÑORA va a protestar abriendo ya la boca, pero la detiene el gesto del JUEZ que va a apuntar.)

JUEZ.—Los zapateros deben una indemnización a la señora por ofensas.

(La SEÑORA levanta la mano. El JUEZ la deja hablar.)

SEÑORA.—Ofensas, injurias, garrotazos y estercolazos...

JUEZ.—¡Eso mismo! Por todas estas cosas se les ha impuesto que paguen una indemnización de cien sueldos. Que no han pagado. Y, por tanto, se les embarga el huerto.

MUJER.—¡A mí no hay quien me embargue el huerto!

JUEZ.—¡Multa!

MUJER.—¡Me río yo de sus multas!

JUEZ.—¡Más multa!

SEÑORA.—¡Ea, gallea, gallea, clueca, que te crucificarán a multas!

JUEZ.—*(Gritando fuera de sí y por la SEÑORA.)* ¡Multa a ti también!

ZAPATERO.—*(A su mujer.)* ¡Calla, que nos arruinas! Cálmate.

MUJER.—¿Que me calme? No ves que...

ZAPATERO.—¡Chitón!, que nos clavará otra multa...

MUJER.—Y a mí qué...

ZAPATERO.—¡Basta, por favor!

JUEZ.—Prosigamos. El huerto se pone en venta.

SEÑORA.—Y yo lo compro con los sueldos que... *(Comienza normal, pero va bajando la voz, al ver que el JUEZ está a punto de multarla. Al final sólo se oye un murmullo ininteligible.)*

JUEZ.—Pero, mientras no se venda, es de la justicia. *(Se golpea el pecho.)* Y todo lo que hay en él también es de la justicia. *(Se vuelve a golpear el pecho.)* Por tanto, el tesoro es...

ZAPATERO.—¿De la justicia?

JUEZ.—¡Naturalmente!

SEÑORA.—*(Señalando al ZAPATERO.)* ¿Multa?

JUEZ.—No, ahora no.

CABALLERO.—¿Puedo protestar?

JUEZ.—No. Aún no he acabado. La justicia considera que es justo que el tesoro sea para los que lo han encontrado...

CABALLERO.—¡Vi... *(Se reprime.)* va...!

JUEZ.—Y, según el contrato roto, la parte de fuera, o sea, la olla, es para el zapatero. La parte de dentro, las monedas, para el caballero.

CABALLERO.—*(Ahora ya no puede reprimirse y tira el sombrero al aire, cantando y saltando.)* ¡Viva! ¡Viva!

JUEZ.—¡Doble multa! Pero, tal como ha dicho la mujer del zapatero, aquí presente, el documento era injusto. Y en reparación de esta injusticia, ordeno al caballero que entregue al zapatero la mitad de las monedas que han sido halladas...

(La MUJER está a punto de gritar ¡viva! y saltar, pero su marido llega a tiempo para detenerla y taparle la boca.)

JUEZ.—¡Caballero, la mitad de las monedas! *(El CABALLERO no se las quiere dar. La MUJER y el ZAPATERO, legón y escoba en alto, le conminan a entregárselas. Lo hace de mala gana.) (El JUEZ se las da al ZAPATERO.)*

JUEZ.—Pero como el zapatero tiene pendiente la indemnización de la señora, le tendrá que pagar también la mitad. *(El ZAPATERO se las entrega.)* Pagada la indemnización, el huerto queda en este mismo momento desembargado. Ya es de nuevo del zapatero, y todos en paz.

MUJER.—¡Fuera todos de mi propiedad!

CABALLERO.—Es la primera vez que oigo decir algo a esta mujer con lo que estoy plenamente de acuerdo. ¡Adiós!

SEÑORA.—¿Sólo me toca una cuarta parte?

JUEZ.—¡El pleito aún no está completamente resuelto, señores!

SEÑORA.—Ah, ¿no?

MUJER.—¿No ha dicho que todos en paz?

JUEZ.—Sí, todos en paz, pero yo aún tengo algo pendiente...

CABALLERO.—¿Qué?

JUEZ.—¡Las multas! Veamos. El caballero, mmmmm *(Cuenta.)*, debe tanto de multa como... la mitad del tesoro. La señora, mmmmm, la cuarta parte. Y el zapatero y su mujer, mmmmmmm, mmmmm, mmmmmm, mmmmmm...

SEÑORA.—¡No es preciso que lo diga: la cuarta parte! ¿Dónde quiere que la deje?

JUEZ.—En el suelo, aquí mismo.

CABALLERO.—¡Me niego en redondo! Eso no lo puede hacer. Se aprovecha de que...

SEÑORA.—*(Ella también protesta.)* ¡Ah, no! Yo no aflojo mi parte. Me corresponde a mí y a mí nadie me la birla.

CABALLERO.—Ya hablaremos de esto. Iré a protestar a...

SEÑORA.—¡Eso, yo también iré a protestar!

JUEZ.—Id a protestar adonde queráis. Yo soy el juez. Además, tanto ganáis si os lleváis las monedas como si las dejáis. No tienen valor.

CABALLERO.—¿Cómo?

SEÑORA.—¿Qué?

MUJER.—¡Cómo es eso!

SEÑORA.—¿Qué quiere decir?

JUEZ.—Que no sirven; que no son de curso legal. Y no son de oro ni de plata ni de ningún metal valioso. No tienen ningún valor monetario. No compraríais con ellas ni una de estas coles.

SEÑORA.—¡Ahora sí que la hemos hecho buena!

JUEZ.—Es más. Si las autoridades os ven intentando comerciar con estas monedas que están fuera de circulación, os podrían acusar de intento de estafa. Calculando por lo corto, os podrían caer un par de años en la mazmorra más oscura y húmeda del país...

(Al oír esto, tanto la SEÑORA como el CABALLERO dejan caer sus monedas como si les dieran calambres.) (No obstante, no se pueden contener y dicen:)

CABALLERO.—¡Protesto!

SEÑORA.—¡Y yo también!

MUJER.—¡Sí, mira éstos! ¡Ya podéis ir a protestar al maestro armero!

CABALLERO.—*(Muy digno y espolvoreándose la ropa.)* No sé adónde iremos a protestar, pero protestaremos. ¡Podéis estar bien seguros!

SEÑORA.—¡Bien dicho! ¡Protestaremos!

ZAPATERO.—¿Dónde protestaréis?

CABALLERO.—Donde sea preciso. Donde se nos escuche. ¡Donde se tenga en cuenta nuestra categoría y dignidad!

SEÑORA.—¡Eso! ¡Nuestra dignidad y nuestra clase!

CABALLERO.—Y nuestra alta alcurnia. No hablemos más. Señora, si usted me lo permite, le sugiero que nos vayamos de aquí para comenzar a organizar cuanto antes nuestra estrategia de protesta. ¡Tendrán que oírnos! Señora, usted primero...

(El CABALLERO la agarra del brazo y la hace girar ampulosamente en un gesto muy versallesco. Ella se deja llevar, mientras vuelve la cabeza y dice la última palabra:)

SEÑORA.—¡Muy bien dicho! Esto no acabará así. Esto acabará...

MUJER.—¡En el estercolero!

(Que es adonde va a parar por fin la SEÑORA, al no mirar dónde ponía los pies y al dejarse llevar por la ampulosidad del CABALLERO. La SEÑORA aún lleva el paraguas y sale del estercolero furibunda y rabiosa. Se lanza a perseguir al CABALLERO que salta el muro cuando ella ya va pisándole los talones.)

MUJER.—Qué, ¿estás contento? ¡Mira en qué

ha acabado toda la historia de tu sueño! Todo el huerto deshecho y ¡gracias que lo hemos podido conservar! ¿Qué has sacado de todo eso?

ZAPATERO.—¡Una olla de hierro!

MUJER.—¡Vaya consuelo! Para eso no hacía falta ir tan lejos, ni que te pateasen los sueldos que ahora tendremos que devolver.

(El JUEZ se quita el birrete que lo inviste como tal y dice:)

JUEZ.—Las monedas me las llevaré yo. Pero no como juez, de lo que ya no ejerzo desde que me he quitado el birrete, sino como civil normal.

MUJER.—Que le aprovechen. Y ahora ¿quiere irse de mi huerto, que lo hemos de volver a arreglar? Puede salir por el muro, por la puerta o por el estercolero, como la señorona. Escoja.

JUEZ.—Si no os importa, saldré por la puerta. Voy demasiado cargado para saltar el muro.

(Entran los tres a casa. La MUJER va hacia la cocina. El ZAPATERO acompaña al JUEZ hasta la puerta y dice:)

ZAPATERO.—Escuche, señor juez...

JUEZ.—Compadre. Llámame compadre, que ahora ya no ejerzo de juez...

ZAPATERO.—Muy bien, compadre. Si estas monedas no valen nada, ¿por qué te las quieres llevar?

JUEZ.—¡Ah, amigo mío! Que no tengan valor monetario no quiere decir que no se pueda sacar nada de ellas. Al contrario. Este tipo de monedas antiguas son muy buscadas por los coleccionistas de monedas y no me extrañaría nada que en Amsterdam me dieran un buen pico... *(Se va.)*

ZAPATERO.—Buenas noches... Eso le... *(Queda solo con la olla en las manos y la mira. Se sienta en el taller y murmura:)* Al menos servirá para hervir las sopas. La limpiaré. *(Se pone a limpiarla. La va dejando limpia y al final la dejará en algún sitio visible.)*

(En el huerto ha vuelto a aparecer el DUENDE *. Después de contemplar un rato en silecio los destrozos que han hecho, avanza hacia el público y dice:)*

DUENDE.—¡Vaya follón que se ha organizado por tan poca cosa...! ¡Tanto trajín, tantas discusiones y tantos quebraderos de cabeza por una triste olla de hierro! Y él parece que se conforma. ¡Pues yo no! Aquí donde me veis, yo también he ido a protestar. He ido a hablar muy seriamente con mis jefes del mundo de los sueños y los he puesto de vuelta y media: ¡o procuraban que esta historia acabara mejor o yo presentaba irrevocablemente mi dimisión!

De alguna manera yo me siento responsable de lo que le ha pasado a este pobre hombre. Por culpa mía tendrá que trabajar mucho más de lo que trabajaba para poder pagar los quince sueldos que le prestaron... Y, además, yo soy un romántico. Me gusta que las cosas acaben bien. Mis jefes han intentado hacerme razonar: «Que mira *(Exagerando la voz y el gesto.)* que en el mundo de la gente despierta las cosas suelen acabar mal». «Comprende que nosotros sólo tenemos poder sobre la gente dormida». «Que mira que más vale dejar la historia tal como está, que los finales felices sólo pasan en los sueños, y no siempre...» Y cosas por el estilo. Y yo, erre que erre, que o lo arreglaban o dimitía. «No me gusta engañar a la gente», les he dicho. He insistido tanto, y estaba tan decidido a dejarlos plantados, que, por fin, me han dicho que ya lo arreglarían, que no me preocupara. Y en eso estoy: a ver cómo se apañan los de arriba. ¡Espero que no tarden mucho porque se ha levantado un vientecillo que pela! Ahora llaman... *(Se oye una llamada.)* ¿Quién podrá ser a estas horas y con este tiempo?

(Sale la MUJER de la cocina.)

MUJER.—Llaman. ¿Quién será a estas horas y con este tiempo?

(Va a abrir. A la puerta hay un personaje que parece un mendigo. Va muy mal vestido. Está muy delgado y parece hambriento.)

MENDIGO.—Señora, perdone que venga a molestarla a estas horas, pero, como hace tan mal tiempo y estoy tan cansado, he pensado que tal vez me haría la caridad de...

MUJER.—*(Interrumpiéndole.)* Pase, pase, buen hombre. Esta casa es pobre y no os podemos dar gran cosa, pero un lugar a cubierto y un plato de coles y cebolla nunca han de faltar a nadie en esta casa.

Pase y descanse. Por esta noche no se preocupe...

(El hombre pasa. El ZAPATERO *lo saluda sin dejar de trabajar:)*

ZAPATERO.—Buenas noches. Perdone un momento. Estoy acabando de limpiar esta olla...

MENDIGO.—¡Es curioso! ¡Es curioso!

ZAPATERO.—¿Nunca ha visto limpiar una olla, que le parece tan curioso?

MUJER.—Voy a buscarle la sopa.

MENDIGO.—No, no es eso. Al contrario... *(Mira el lugar con un cierto aire de sorpresa.)* Yo diría que conozco este taller...

ZAPATERO.—¿Ha estado antes aquí?

MENDIGO.—Hasta la primavera pasada nunca me había movido de mi pueblo. Vengo de muy lejos. De otro país... O sea, que nunca he podido ver este taller, si no es en sueños...

DUENDE.—*(Desde el huerto, desde donde lo sigue todo.)* A ver si al final resulta que...

MENDIGO.—¡En sueños! Claro. ¡Lo he visto en sueños!

ZAPATERO.—¡Malo, los sueños! ¡No se fíe!

Son falsos y traidores. Yo ya tengo una buena experiencia de los sueños...

MENDIGO.—No, si no hace falta que me lo diga. ¡Bien que lo sé! Si yo ahora estoy aquí, pobre y desgraciado, es por culpa de un desventurado sueño...

DUENDE.—Ya me parecía a mí que no podía ser...

(Entra la MUJER con un plato de sopa y se lo entrega al MENDIGO que se lo va comiendo.)

MUJER.—*(Mirando calculadoramente al MENDIGO.)* Y usted, que no parece viejo y a

quien no se le ve lisiado, ¿cómo es que va de mendigo?

MENDIGO.—No, si no soy mendigo... Estos últimos tiempos he tenido que vivir un poco a la buena de Dios y a menudo he tenido que pedir limosna, pero yo no soy mendigo. Soy un fugitivo.

ZAPATERO.—¿Un fugitivo? ¿De quién huye? ¿De la justicia?

MENDIGO.—Bueno, me persigue la justicia, pero por culpa de una señora de ésas que quieren figurar mucho...

MUJER.—¡Ni una palabra más! Conocemos muy bien el percal. Ahora mismo nos acaba de pasar un caso con una señora de éstas...

MENDIGO.—¡La mía era peor que la peste! Por su culpa tuve que huir del pueblo, dejar mi taller y escapar corriendo... Porque yo soy zapatero como usted...

ZAPATERO.—¡Vaya, la competencia!

MENDIGO.—Sí, pero no se preocupe. No puedo establecerme ni aquí ni en ninguna parte.

ZAPATERO.—¿Aún lo persiguen?

MENDIGO.—No, ya no, estoy muy lejos de mi tierra. Pero para establecerme, necesitaría tener taller y herramientas y casa y... Y yo sólo tengo lo puesto, y ya veis cómo voy...

MUJER.—Y eso de la mujer, ¿qué fue?

MENDIGO.—Todo comenzó por una tontería. Yo vivía en mi pueblo trabajando de zapatero. No ganaba mucho, pero como vivo solo, tampoco necesitaba gran cosa para ir tirando. Vivía tranquilo. Hasta que un día entró en mi taller esa señora que os decía, peripuesta y con unas ínfulas de princesa que parecía la dueña del mundo, y me encargó un par de zapatos muy especial. La señora tenía unos pies muy grandes que le afeaban el tipo y me pedía unos zapatos que le empequeñecieran los pies. Yo le contesté que eso era imposible y que no se los podía hacer. Pero aquella noche soñé...

MUJER.—¡Nada! Si se trata de sueños no hace falta que siga. Ya sé cómo acabó.

ZAPATERO.—¡Déjale continuar, mujer!

MUJER.—Que prosiga, pero ¡seguro que acabó mal!

MENDIGO.—¡Ya lo creo que acabó mal! El sueño me enseñó una forma de hacer los zapatos que la señora me pedía, de manera que parecieron mucho más pequeños de lo que eran. Me fijé y, a la mañana siguiente, le mandé decir a la señora que le haría los zapatos que ella quería. Se los hice como en el sueño. Cuando se los probó, parecía que todo iba bien, no le hacían daño, le empequeñecían los pies y eran muy vistosos. Pero...

MUJER.—¡Ya estamos con los peros!

MENDIGO.—Al cabo de dos días volvió. Con unos pies así. Y no había manera de rebajarle la inflamación. La señora, rabiosa, me denunció, diciendo que la quería matar.

ZAPATERO.—¿Por los pies?

MENDIGO.—Sí, por los pies. Nadie lo creería ¿verdad? Pues, como no le disminuía la hinchazón ni a la de tres, la mujer juró que no pararía hasta que me metieran en la cárcel sin que pudiera salir de allí mientras no volviera a tener los pies tal como los tenía antes de ponerse mis zapatos. Entonces soñé que...

MUJER.—¿Otro sueño?

MENDIGO.—¡Y espere!

MUJER.—¡Por fuerza tenía que acabar mal!

MENDIGO.—Pues entonces soñé que la mujer nunca volvería a tener los pies como antes y que viviría una larga vida. Decidí dejarlo todo y huir porque seguro que hubiera dado con mis huesos en la cárcel. Me marché. Pero la señora me perseguía adondequiera que yo fuera. No tenía descanso. Fui de una punta a otra del país y la señora siempre detrás. Por fin, me decidí a atravesar la frontera y venir a vuestro país. Ahora me parece que ha perdido mi pista...

ZAPATERO.—¿Cómo lo sabe...?

MENDIGO.—Es una impresión. Desde que pasé la frontera siempre tengo el mismo sueño...

MUJER.—¿Otro? ¡Usted no escarmienta!

MENDIGO.—Desde que estoy en vuestro país sueño cada noche en esto, en este taller. Lo veo en sueños tan claro como ahora.

MUJER.—¡Ay, madre mía! ¡Ya nos volvéis a liar con sueños!

ZAPATERO.—¿Qué más ve en el sueño?

MENDIGO.—Nada más. Sólo este taller. Y la sensación de estar bien, cómodo, tranquilo, tal como ahora me encuentro.

MUJER.—A mí esto no me hace ni pizca de gracia. *(Escucha.)* Me parece que oigo a un niño. *(Sale hacia la cocina.) (El ZAPATERO y el MENDIGO quedan solos. El MENDIGO se acaba la sopa y por fin dice:)*

MENDIGO.—Esta olla parece de hierro, ¿verdad?

ZAPATERO.—Es de hierro. La hemos hallado en el huerto. Estaba completamente oxidada y llena de tierra. La he limpiado para...

MENDIGO.—Y entonces ¿por qué pone que es de cobre?

ZAPATERO.—¿De cobre? ¿Dónde lo dice?

MENDIGO.—Aquí.

ZAPATERO.—Ah, sí... Aquí no dice nada del cobre. Pone unas extrañas palabras «Baran tit son charuc, plations sonien ten burund». Eso, que yo sepa, no significa nada.

MENDIGO.—Ay, perdone. Ni me acordaba ya de que estoy en el extranjero. Es que está escrito en la lengua de mi país. Eso en mi idioma quiere decir: «Bajo esta olla de cobre, hay un puchero de oro». Una frase bien insustancial, ¿no cree?

ZAPATERO.—¿Cómo? ¡Repítame la frase, por favor! *(Excitado.)*

MENDIGO.—«Bajo esta olla de cobre, hay un puchero de oro». Y la olla es de hierro ¿verdad?

ZAPATERO.—*(Piensa en voz alta.)* Las monedas que había dentro eran de cobre. ¡Sí! Entonces eso quiere decir... Debe querer decir... Dice... ¡Aaaaaaah!

(Pega un bote, lanza las herramientas por los aires y sale hacia el huerto como un loco. Bajo la mirada espantada del MENDIGO, el ZAPATERO coge el legón y va cavando frenéticamente en el hoyo del huerto. En pocos segundos saca un puchero de barro. Está lleno de monedas de oro. Vuelve a entrar a casa saltando de alegría.)

ZAPATERO.—¡Era verdad! ¡Era verdad!

MENDIGO.—*(Admiradísimo.)* ¿Era verdad? ¿Qué es lo que era verdad?

ZAPATERO.—¡Lo del puente!

MENDIGO.—¿Lo del... puente? ¿Qué puente?

ZAPATERO.—¡El de los Curas!

MENDIGO.—¿Curas? ¿Dónde? *(Levantándose.)*

ZAPATERO.—¡En Amsterdam!

MENDIGO.—¡Ah, en Amsterdan! *(Se sienta.)* ¿Y qué?

ZAPATERO.—¿Qué? Mire, ¡oro!

MENDIGO.—¿Oro?

ZAPATERO.—¡Sí, oro! El puchero es de barro.

MENDIGO.—¿Barro?

ZAPATERO.—Sí, barro, barro cocido. Pero las monedas...

MENDIGO.—¿Monedas? *(Todo lo ha dicho a gritos, saltando.)*

ZAPATERO.—¡Sí! ¡Las monedas son de oro! ¡De oro! ¿Comprende?

MENDIGO.—La verdad es que no. No entiendo nada. Es decir *(mirando críticamente al ZAPATERO)*, creo que sí que empiezo a comprender y, esto... muchísimas gracias por la sopa, pero se me está haciendo tarde y como parece que va a llover, yo...

(Va retrocediendo para marchar, medio espantado. Entra la MUJER.)

MUJER.—¿Qué son esos gritos? ¿No veis que despertáis a los niños?

ZAPATERO.—¿Los niños? Podrán dormir en colchones de pluma y bien abrigados con las mantas de lana más mullidas y más suaves que jamás se hayan tejido.

MUJER.—¿Estás delirando?

MENDIGO.—Si me permite, señora, yo juraría que su marido está... *(Hace como si taladrara la frente con un dedo.)*

ZAPATERO.—¡Se acabó la zapatería! Ya no soy el zapatero de Ostterlittens. Soy... soy el carpintero de Ostterlittens, que lo sepáis.

MUJER.—¿Te encuentras bien? ¿No crees que las emociones de esta noche te han trastocado un poco?

MENDIGO.—¿Un poco? ¡Completamente, señora! Si parece que está majara...

ZAPATERO.—A ti te regalo esta casa. Y el taller. ¡Y todas las herramientas de zapatero! Y todo el cuero que tengo. Y el huerto y...

MUJER.—¿Y qué más?

MENDIGO.—¡Loco de atar, ya lo decía yo! ¡De atar!

ZAPATERO.—La mitad del puchero también es tuyo.

MUJER.—¿La mitad? ¿Qué puchero?

ZAPATERO.—*(Triunfante.)* ¡Éste! *(Y lo levanta*

por encima de su cabeza y lo derrama sobre la MUJER y el MENDIGO.)

MENDIGO.—¡Ostras! Monedas de oro. ¡Y parecen de verdad!

ZAPATERO.—Y lo son. ¡Y la mitad te pertenece a ti!

MENDIGO.—¿A mí?

MUJER.—¿A él?

ZAPATERO.—Gracias a ti he podido saber que bajo la olla estaba este puchero.

MUJER.—Ah ¿sí? ¿Cómo?

ZAPATERO.—Ya te lo contaré. *(Al MENDIGO.)* Por eso a ti te corresponde la mitad del tesoro.

MUJER.—Así que todo eso del sueño era verdad. ¿La felicidad y toda la pesca?

ZAPATERO.—¡Claro que sí! ¡Yo sabía que ese sueño no podía fallar!

MENDIGO.—Yo, perdonad, si alguien no me explica lo que pasa, la verdad es que no entiendo nada...

ZAPATERO.—Tú no has de entender nada. ¡Coge las monedas y toma posesión de esta casa y de este taller, que son tuyos!

MUJER.—¡Eh, eh! No tan de prisa. Vamos por pasos.

ZAPATERO.—Nada de pasos. Por monedas. Ésta tuya, ésta mía, ésta tuya, ésta mía, ésta tuya, ésta mía.

(Va recogiendo las monedas y las va repartiendo: unas se las queda y las otras las pone sobre la mesa. Son para el MENDIGO.)

MENDIGO.—Muchas gracias, zapatero, pero me parece que no me las puedo quedar. Estaban en vuestro huerto, según me ha parecido entender y...

ZAPATERO.—Tuya, mía, tuya, mía, tuya, mía... Nada, son tuyas. Yo no las quiero. A mí sólo me toca la mitad. Y sólo cogeré la mitad...

MUJER.—Pero si él no las quiere...

MENDIGO.—¡Y no las quiero!

ZAPATERO.—Yo tampoco. Con la mitad del puchero basta para montar una carpintería de primera, comprarse una casa grandísima con huerto, jardín y bodega incluida. Y aún sobrará un buen pellizco por si acaso. Es todo lo que necesitamos nosotros. La otra mitad me sobra. Y te la regalo junto con la casa, el taller...

MUJER.—¡Pero, hombre, tampoco seas tan espléndido!

ZAPATERO.—Ahora puedo hacer lo que quiera porque somos ricos. Y no hablemos más. ¡No las quiero!

MENDIGO.—¡Yo tampoco!

MUJER.—Pues las cogeré yo.

ZAPATERO.—¡No las toques, que no son tuyas!

MUJER.—Ah ¿no? ¡De quién son, si se puede saber?

(En este preciso momento aparece el JUEZ por la pared del huerto.)

JUEZ.—Vete a saber si en vez de una olla hay dos... Nunca se sabe, por comprobarlo no se pierde nada...

ZAPATERO.—¿De quién? ¡Son del diablo! ¡Pero mías no!

MUJER.—¡Pues mías sí!

ZAPATERO.—¡Ni tocarlas, te lo ordeno! Aún nos traerían mala suerte.

(En el huerto.)

JUEZ.—¿Qué es todo este jaleo? *(Se acerca a la puerta y escucha.)*

MENDIGO.—Bueno, no discutáis por mi culpa...

MUJER.—¡Ahora, querrá cambiar de opinión!

MENDIGO.—No, no *(Al ZAPATERO.)* Si esto te alegra, acepto la casa, el taller y el huerto. Pero las monedas son vuestras. Y, cuando os hayáis comprado la nueva casa y te hayas establecido como carpintero, yo me quedaré tu taller y tu parroquia. Pero, ¡coge las monedas, hombre!

MUJER.—¡Vamos, hombre!

ZAPATERO.—¡No!

JUEZ.—*(Oculto.)* ¿De qué monedas hablan, si todas las tengo yo?

(En este momento entran por la pared del huerto el CABALLERO *y la* SEÑORA.*)*

CABALLERO.—No, si el que me ha de engañar a mí... ¿No le decía yo, señora, que de este juez no podíamos fiarnos ni un pelo?

SEÑORA.—¡Ay, ay! Ha sido una buena idea espiarlo a escondidas. Debía de estar conchavado con el zapatero y ahora viene a repartir. Pero si se creen que nos han engañado ¡van buenos!

MUJER.—¡Pero si él mismo dice que no las quiere!

ZAPATERO.—¡Que diga lo que quiera! Y que haga lo que quiera. Yo con las mías tengo suficiente. Y se acabó. Voy a ocultarlas.

(Sale por la cocina. Los dos de fuera oyen voces y escuchan. El JUEZ *desde su escondrijo en la puerta también. La* MUJER *lo sigue.)*

MUJER.—Pero, no seas así, hombre. ¡Son monedas de oro! ¡De oro!

JUEZ.—¿De oro? ¿Monedas de oro? ¿Oro?

ZAPATERO.—*(Desde la puerta.)* ¡Que sean de quien las quiera!

MENDIGO.—Yo no las quiero. ¡Aunque sean de oro!

JUEZ.—¿Oro? *(Gritando.)* ¡Oro! *(Entra diciendo a casa.)*

CABALLERO y SEÑORA.—¡Oro! *(Entran gritando y rápidos detrás del JUEZ.)*

(Antes de que lleguen los tres personajes, la MUJER ha salido tras su marido. El MENDIGO dice:)

MENDIGO.—Aunque, bien mirado, un par o tres sí que me las quedaría. *(Las coge en el momento en que irrumpe el JUEZ gritando.)*

JUEZ.—No las toques. ¡Estas monedas están intervenidas! ¡Las intervengo ahora mismo!

CABALLERO.—*(Entrando también de repente.)* Que te lo has creído. Son mías y sólo mías. No las toquéis. ¡Me pertenecen por Ley!

SEÑORA.—Ni ley ni cuernos. ¡Me tocan a mí por derecho! Yo soy la perjudicada y tengo derecho a reclamarlas y las reclamo.

MENDIGO.—¡El zapatero me las ha dado a mí!

JUEZ.—El zapatero no puede darlas porque para dar algo se ha de ser propietario de ello y él no es propietario de nada.

SEÑORA.—¡Por derecho, la propietaria del huerto soy yo!

CABALLERO.—¡Por ley, el propietario de las monedas soy yo!

JUEZ.—¡Ni la ley ni el derecho sirven donde hay un juez como yo!

MENDIGO.—¡Son mías!

JUEZ.—¡Que te lo has creído!

SEÑORA.—¡Son mías!

CABALLERO.—¡Mías!

(Todo el diálogo anterior se desarrolla arañándose los cuatro personajes, arrebatándose las monedas, tirándose de la ropa, golpeándose. Por fin, acaban llegando a las manos todos a la vez. El griterío es considerable. El ZAPATERO y su MUJER entran por la puerta del fondo. Pasan junto a los que discuten y avanzan hacia el proscenio. Miran la escena.)

ZAPATERO.—¿No te lo decía? Por lo menos hemos asegurado la mitad del tesoro. Las nuestras no nos las cogerá nadie.

MUJER.—Me parece que esta vez tienes toda la razón.

MENDIGO.—*(Sale del lío y se acerca a la pareja.)* Tres. Me he quedado tres para tener algunos ahorrillos ¿sabéis? Las demás no sé cómo se las repartirán éstos...

ZAPATERO.—¡Será un lío! No son, que digamos, de buen contentar...

MENDIGO.—Al paso que van, se pondrán una cara como un mapa antes de llegar a un acuerdo.

MUJER.—¡Ya se espabilarán!

MENDIGO.—Me dejarán el taller hecho un desastre...

MUJER.—Me despertarán a los críos.

(Se acercan con la escoba y el legón al grupo de los que se pelean en actitud de repartir leña. En ese momento se inmoviliza el grupo y sale el DUENDE.)

DUENDE.—Pues, sí, los de arriba cumplieron la palabra y todo acabó bien. *(Pausa. El DUENDE parece triste.)* Bueno, acabar bien, acabar bien, sí que ha acabado... Según para quién... Para el zapatero, por ejemplo, que ahora podrá ser carpintero. O para el vagabundo que, finalmente, ha encontrado trabajo y casa... Incluso para la otra pandilla, que, por fin, después de arañarse, se repartirán la parte del tesoro que les ha dejado el zapatero... pero yo me he quedado sin trabajo. Desde que puede hacer lo que quería, el zapatero no sueña. *(Hace un gesto de resignación y se va hacia las bambalinas. Al llegar a ellas, se detiene, indeciso.)* Esto... Por cierto... Iba a decir... ¿No habrá alguien aquí que precise de un profesional de los sueños? ¡Garantizo sueños inofensivos! Nada de Puentes de los Curas, ni felicidades, ni ollas de oro... Sueños sencillos: volar por encima de las montañas y pueblos, ser perro, o gato, o canario, o el animal que sea..., hacer de maquinista de tren, de bombero, de conductor de autobús, de paracaidista... Visitar estrambóticos pueblos de gente estrafalaria...

(Y las cosas que se le ocurran al actor/actriz que interprete este papel. Desde que ha vuelto a hablar, el telón ha comenzado a bajar y se acaba de cerrar completamente mientras el actor se esfuerza por hacer su propia propaganda, pidiendo o haciendo gestos para que el telón se detenga. Pero no, el telón cae sobre sus palabras dejándoselas en la boca.)

FIN

OTROS TÍTULOS PUBLICADOS

44. *Bilembambudín o el último mago*. Elsa Bornemann.
45. *Pan Gu*. Fernando Almena.
46. *Relatos galácticos*. Jordi Sierra i Fabra.
47. *La fortuna de Ulises*. Juan Farias.
48. *No somos irrompibles*. Elsa Bornemann.
49. *La llamada de las tres reinas*. Xoán Babarro, Ana M.ª Fernández.
50. *El pequeño davirón*. Pilar Mateos.
51. *La isla de las montañas azules*. Manuel L. Alonso.
52. *El hombre que perdió su imagen*. Jordi Sierra i Fabra.
53. *Mi amigo el unicornio*. Antonio Martínez Menchén.
54. *Conspiración en el parque del Retiro*. Avelino Hernández.
55. *La gallina que pudo ser princesa*. Carles Cano.
56. *Mágica radio*. Francisco J. Satué.
57. *El planeta de Mila*. Carlos Puerto.
58. *Silverio el Grande*. Pilar Mateos.
59. *Encuéntrame un tesoro*. Joles Sennell.
60. *Silvián y Dariada*. Víctor Mora.
61. *Amelia, la trapecista*. Ricardo Alcántara.
62. *Una semana con el ogro de Cornualles*. M. A. Pacheco.
63. *La momia Regina*. José María Mendiola.
64. *Aventuras de Picofino*. Concha López Narváez.
65. *La aventura peligrosa de una vocal presuntuosa*. Angelina Gatell.
66. *Prohibido llover los sábados*. Maite Carranza.

SEN-2

67. *Cuentos roídos*. Carles Cano.
68. *14 de febrero, San Valentín*. Ricardo Alcántara.
69. *Los ojos del dragón*. Àngels Gardella.
70. *No se lo cuentes a nadie*. M. Assumpció Ribas.
71. *Las desventuras de Juana Calamidad*. Paco Climent.
72. *Los monstruos de la niebla*. Fernando Martínez Laínez.
73. *Navidad. El regreso de Eugenia Mestre*. Pilar Molina Llorente.
74. *El guardián de la Luna*. Jordi Sierra i Fabra.
75. *La bici Cleta*. Daniel Múgica.
76. *El vampiro del torreón*. Josep Lorman.
77. *En mi casa hay un duende*. Antonio Martínez Menchén.
78. *Los viajes de Pericot*. Carles Cano.
79. *Sin miedo a los brujos*. Pilar Mateos.
80. *De hielo y de fuego*. M.ª Dolores Pérez-Lucas.
81. *¡Qué mala cara tienes!*. Javier Vázquez.
82. *La guerra de los minúsculos*. Andreu Martín.
83. *Juana Calamidad contra el hombre-lobo*. Paco Climent.
84. *Cara de Almendra*. Juan Tébar.
85. *Los superhéroes no lloran*. Manuel L. Alonso.
86. *La fantástica historia de J. S.* Joles Sennell.
87. *Un genio en la tele*. Jordi Sierra i Fabra.
88. *Una jirafa de otoño*. Andrés Guerrero.
89. *Pisco pasea por la ciudad*. Martín Casariego.
90. *El hijo del viento*. Ricardo Alcántara.
91. *El arca de Noemí*. Javier Olivares.
92. *El cuaderno de hojas blancas*. José María Merino.
93. *Cuando de noche llaman a la puerta*. Xabier P. Docampo.